시간의 선물

시간의 선물

아오키 가즈오 지음 · 홍성민 옮김

시간의 선물
Copyright ⓒ1999 by Kazuo AOKI
First published in japan in 2000 under the title "HURDLE" by
KIN-NO-HOSHI SHA Co., Ltd
Translation Copyright ⓒ2005 by Yewon Media Publishing Co,
Korea translation rights arranged with KIN-NO-HOSHI SHA Co., Ltd.
through Japen Foreign-Rights Centre & Imprima Korea Agency

이 책의 한국어판 저작권은 Japen Foreign-Rights Centre / Imprima Korea Agency를 통한 KIN-NO-HOSHI
SHA Co., Ltd.와의 독점계약으로 예원미디어에 있습니다.
저작권법에 의해 한국내에서 보호를 받는 저작물이므로 무단전재와 무단 복제를 금합니다.

차례

겨울 매미

땅 속의 겨울 매미······ 9
범인을 찾아라······ 21
추운 날에는 어깨동무를······ 45
하늘은 알고 있다······ 53
결말을 짓자······ 67

여름에 뜨는 별

레온의 패스······ 83
내 말을 들어줘요······ 91
멀어진 마음······ 99
밤하늘의 별을 보며······ 107

눈 내리는 아침

엄마가 태어난 곳에서······ 115
바람이 지나는 길······ 125
시간의 선물······ 137
소중한 친구······ 155
슬픔의 소용돌이······ 171
우리들의 정의······ 183
허들을 뛰어넘자······ 201

작가 후기······ 219

겨울
매미

땅 속의 겨울 매미

"거기 서, 히로시. 너 지금 슬쩍한 것 다 봤어."

레온은 숨을 헐떡이며 말했다. 하얀 입김이 차가운 대기 속으로 사라진다.

둘은 기타노 문방구점 앞에서부터 계속 뛰었다. 도토리 공원 앞에 이르자 히로시가 겨우 걸음을 멈췄다. 모든 것을 포기한 듯 어깨를 떨어뜨리고 숨을 몰아쉬는 히로시의 가느다란 다리가 부들부들 떨렸다.

"왜 쫓아오는 거야. 너랑 상관없잖아!"

톤 높은 소리로 히로시가 소리쳤다.

"남의 물건을 훔치는 것을 보고 어떻게 모른 척하냐? 기타노 아줌마한테 나쁜 짓을 한 거잖아."

레온은 히로시의 어깨를 꽉 잡았다. 히로시는 굳은 얼굴로 레온을 보았다.

"알았어, 돌려줄게. 돌려주면 되잖아."

히로시는 불룩한 코트 주머니에 손을 집어넣더니 지우개, 딱풀, 클립을 차례로 꺼냈다.

레온이 노려보자 히로시는 입을 실룩대며 웃었다.

"레온, 너도 하지 않아? 너무 그렇게 폼 재지 마."

"난 안 해. 나쁜 짓이야, 남의 것을 슬쩍하는 건. 도둑질이잖아."

"기타노 아줌마가 제대로 보지 않으니까 그런 거야. 네네, 갖고 가세요, 하는 거랑 똑같지 않아? 그 가게는 방범이 전혀 안 돼 있어. 나만 그런 거 아냐, 다른 애들도 한다고."

히로시는 입을 쑥 내밀었다.

"아줌마는 나이가 들어서 눈이 잘 안 보여. 부끄럽지 않냐, 남의 허점이나 이용하고. 얼른 아줌마한테 돌려주러 가."

레온의 다그치는 소리에 히로시는 진저리를 치더니 레온을 노려보았다. 손에서 지우개 하나가 떨어졌다. 얼른 허리를 숙여 떨어진 지우개를 줍는 레온의 머리 위에 대고 히로시가 손바닥을 뒤집었다. 후두둑 소리를 내며 지우개와 풀이 얼어붙은 땅바닥에 흩어졌다.

"무슨 짓이야!"

레온이 거칠게 소리쳤다.

"하하하."

히로시는 큰 소리로 웃었다.

"어차피 내 인생은 끝이야. 그나마 너한테 들킨 게 운이 좋은 거지. 만약 선생님한테 들켰으면 생활기록부에 다 기록될걸. 도벽이 있다고. 그럼 사립중학교는 이제 끝이야."

히로시와 레온은 모리노키 초등학교 6학년생이고 같은 1반이다. 학원에서도 둘은 같은 반이다. 레온의 눈앞에서 어색하게 웃고 있는 히로시는 학교와 학원에서 보던 성실하고 겁 많은 히로시가 아니었다.

"너, 조금 이상한 것 같다."

걱정스러운 듯이 레온이 말했다.

"알고 있어. 나, 매일 이렇게 제 정신이 아닐 때가 있어."

히로시는 갈라진 목소리로 말하더니 양손으로 머리를 움켜쥐었다.

레온은 히로시의 팔을 잡고 공원 구석에 있는 벤치로 데리고 갔다. 힘없이 벤치에 앉은 히로시는 울음을 터뜨렸다.

"중학교 입시, 이제 얼마 안 남았잖아. 그런데 공부에 집중이 안 돼."

히로시는 손등으로 눈물을 닦았다. 가운데손가락이 연필 때문에 굳은살이 박여 빨갛게 부풀어 있다.

"난 유치원부터 사립에 들어가기 위해서 시험을 봤어. 유치원 예비학교까지 갔는데 너무 긴장을 해서 선생님들 앞에서 오줌을 쌌어. 우습지?"

히로시는 콧물을 훌쩍거렸다.

"초등학교도 사립 시험을 쳤어. 근데 머리 속이 하얗게 되어서 아무 것도 기억이 안 나는 거야. 난 긴장을 하면 멍청이가 돼. 시험이란 말만 생각해도 심장이 터져 버릴 것 같아. 이런 젠장, 중학교도 그러면 난 어떻게 해야 하는 거야."

히로시의 어깨가 크게 들썩였다. 소리 죽여 흐느꼈다. 레온은 주머니에 손을 집어넣고 히로시의 흥분이 진정될 때까지 기다렸다.

도토리 공원은 요코하마 항구에서 그리 멀지 않은 언덕

위에 있었다. 간간이 바람에 실려 뱃고동 소리가 들려왔다. 코끝을 스치는 희미한 바다 냄새에 레온은 코를 문질렀다.

어느 정도 흥분이 가라앉자 히로시는 부끄러운 듯이 뺨을 붉히며 말했다.

"그건 내 담력을 시험해보기 위해서였어."

아직 불안이 가시지 않은 히로시의 작은 눈이 깜빡깜빡 분주히 움직였다.

"레온 넌 좋겠다. 언제나 자신 있어 보여. 남자애들한테나 여자애들한테 모두 인기 있잖아. 발렌타인데이 때도 초콜릿, 다 먹지 못하고 버릴 만큼 받았을걸?"

히로시는 잘생긴 레온의 얼굴을 빤히 쳐다봤다. 레온은 추위로 곱은 손을 비비며 입김을 불었다.

"히로시, 이렇게 힘들어하면서까지 사립 중학교 시험을 쳐서 우리가 얻는 것이 무얼까?"

"그런 생각을 하거나 망설이기 시작하면 시험 같은 것 칠 수 없어."

엉덩이부터 차가운 냉기가 몸을 타고 위로 올라왔다.

"너희들의 미래는 희망으로 차 있다……."

레온은 학원의 캐치프레이즈를 작은 소리로 노래하듯

이 말했다.

"희망이란 무얼까. 지금 이렇게 기분이 엉망진창인데 희망의 미래란 게 정말 올까?"

레온은 공부로 지쳐 핏기가 사라진 히로시의 얼굴을 쳐다보았다.

"미래 따위 어떻든 상관없어. 사립 중학교에 합격할 수 있다면 지구가 멸망한다고 해도 상관없고, 악마와도 거래할 거야. 그런데 너희 큰아버지, 우리가 시험 치려는 그 사립 중학교 졸업했지?"

히로시의 얇은 입술은 살갗이 일어나고 갈라져서 말을 할 때마다 그 틈으로 피가 배어났다.

"그렇긴 한데, 네가 그걸 어떻게 알아?"

"우리 엄마가 그랬어. 큰아버지는 건축가지?"

"건축가라고 해야 하나, 아무튼 할아버지 회사에서 설계를 맡아 하셔."

히로시는 으음, 하고 신음소리를 내더니 고개를 크게 흔들었다.

"집이 부자니까 기부나 뭐 그런 거 할 수 있어서 좋겠다. 부모나 식구 가운데 졸업생이 있는 것도 플러스가 될 거야. 우리 집은 그런 좋은 조건이 하나도 없어."

"우리 집, 부자 아냐. 조건은 똑같아. 근데 너 대단하다. 그런 것까지 생각하다니. 나도 사립 중학교 가려고 하지만 시험 준비만으로도 정신이 없는데."

히로시는 한숨을 내쉬고 비웃듯이 말했다.

"사립은 우리 엄마 취향이야. 좋아하는 걸 참으면 소원이 이뤄진다면서 엄마는 커피를 끊었는데, 무척 우울해하더라."

빈정대는 듯한 웃음이 레온에게도 전염되었다. 레온네 집에서는 텔레비전 시청을 참고 있다.

"동생 유키는 4학년인데 텔레비전 만화영화라면 사족을 못 쓰지. 그런데 엄마는 절대 안 된다면서 리모콘을 빼앗아버렸어."

레온은 꺼진 텔레비전 화면에 비친, 원망스러워하던 유키의 얼굴이 생각났다.

"아빠가 일찍 퇴근해서 맥주를 마시며 텔레비전 스위치를 켜면 엄마는 얼른 뛰어 가서 꺼버려. 우리 아빠는 세 살 위인 엄마한테 꼼짝도 못해. 엄마가 한 번 째려보기라도 하면 싫어도 엄마 말대로 하는 수밖에 없어."

아빠가 난폭하게 내던진 리모콘이 바닥에 부딪히며 내던 소리가 아직도 레온의 귓가에 생생했다.

아빠의 스트레스와 유키의 스트레스는 그대로 무거운 짐이 되어 레온의 어깨를 짓눌렀다. 레온과 히로시는 서로의 기분을 손바닥 보듯이 훤히 이해할 수 있었다.

"매미는 5년 동안 땅 속에서 땅 밖으로 나오기만을 기다려. 어두운 땅 속에서 꼼짝 않고 있지. 소원이 이루어져 땅 밖으로 나오면 제 마음대로 훨훨 날아다녀. 난 내가 매미 같다고 생각될 때가 있어."

히로시가 잎이 떨어진 포플러 가지를 올려다보며 말했다. 바람에 가지가 흔들렸다.

"우린 지금 겨울 매미가 아닐까? 어두운 땅 속에 있는 겨울 매미."

레온은 발밑의 어두운 땅바닥을 바라보며 한숨을 내쉬었다.

"레온, 너는 그나마 나은 거야. 난 두 살 때부터 학원에 다녔어. 벌써 10년이야. 이제 땅 속은 지긋지긋해."

히로시가 빙그레 웃음을 지으며 레온을 보았다.

"앞으로 조금만 더 엄마 품안에 있는 거야. 비좁고 어두워도 얌전하게 착한 아이로 말야. 날개가 자라면 더 이상 잔소리 들을 필요 없어. 매일 재미난 일만 하면서 신나게 살 거야. 그게 내 미래의 꿈이야."

창백한 히로시의 뺨이 분홍빛으로 발그레해졌다.

"내 날개는 사립 중학교에 합격하는 거야. 레온, 그러니까 오늘 일은 비밀로 해주지 않을래? 기타노 아줌마한테는 나중에 사과하러 갈게."

부드러워진 히로시의 목소리에 레온은 고개를 끄덕였다.

"알았어, 비밀로 할게."

"고마워. 나 당분간은 얌전히 있을 수 있을 것 같아."

얼굴에 살짝 웃음을 띠며 히로시가 말했다.

"레온 너한테 다 털어놓으니까 속이 시원해."

"속마음까지 이야기한 적이 없었으니까. 모두 나름의 고민이 많은 것 같다."

두 사람은 벤치에서 일어나 히로시가 바닥에 떨어뜨린 지우개며 딱풀 들을 줍기 시작했다.

"학원에 늦겠어. 빨리 가자."

레온의 머리에 시계를 보면서 짜증을 내고 있을 엄마의 얼굴이 떠올랐다.

"아, 3반의 니시나 히카루다."

히로시가 들뜬 목소리로 말했다.

공원 한가운데 있는 그네에 히카루가 앉아 있었다. 옆

그네에는 히카루의 남동생인 소타가 그네를 타고 있었다. 일곱 살인 소타는 자폐증이었다. 슝슝, 바람을 가르며 소타가 하늘 높이 그네의 구름판을 구른다.

"슝슝."

앞뒤로 흔들리는 그네에 맞춰서 소타가 노래를 부르고 있었다. 작은 새의 울음소리처럼 소타의 노래 소리가 하늘로 울려 퍼졌다.

"소타는 좋겠다. 소타는 분명 여름 매미일 거야."

히로시는 눈이 부신 듯이 눈을 가늘게 뜨고 히카루와 소타를 보며 말했다.

"여름 매미?"

레온이 고개를 갸웃거리자 히로시는 말했다.

"그래. 새가 되고, 바람이 되고, 벌레가 되잖아. 마음먹은 대로 뭐든지 돼, 소타는. 자유롭게 날아다니는 거야."

소타를 보는 히로시의 표정이 살아 있다.

"게다가 히카루 같이 착한 누나가 보살펴주니 더 이상 말할 것 없어."

히로시는 부드러운 눈빛으로 히카루를 보았다. 누구에게나 상냥하고, 솔직한 성격에 개성 있는 얼굴이어서 히카루에게는 팬이 많았다.

"너도 여기저기 신경 쓸 게 많은 녀석이구나."

뺨을 붉히며 멍하니 히카루를 보고 있는 히로시에게 레온이 어이없다는 듯이 말했다.

"기타노 아줌마가 히카루의 할머니라는 건 알고 있지?"

히로시는 휴우 한숨을 내쉬더니 고개를 돌려 레온을 보았다.

"골치 아프게 됐어."

"제대로 사과해두는 게 좋아."

마지막으로 주운 딱풀을 히로시에게 건네고 레온은 집으로 돌아갔다.

"히카루한테 미움 받는 건 절대 싫어."

히로시는 혼자 중얼거리면서 소타와 히카루를 쳐다보았다.

범인을 찾아라

 모리노키 초등학교 교문 옆에는 작은 문방구점이 있다. 커다란 느릅나무로 지붕이 반쯤 덮인 자그마한 가게였다. 모리노키 초등학교 아이들은 옛날이나 지금이나 그곳의 주인 할머니를 '기타노 아줌마'라고 불렀다.

 언제나 웃는 얼굴과 따뜻한 말로 아이들을 반겨주는 기타노 아줌마를 아이들은 무척 좋아했다. 레온도 하교 길에 날마다 그곳에 들렀다.

 "얼마 전에 사 간 공책 벌써 다 썼니? 팔아주는 것은 고맙지만 낭비하지 말아라. 고맙다."

 아줌마의 얼굴은 웃으면 주름으로 온통 쭈글쭈글해진다. 부드러운 눈빛으로 아이들 하나하나를 정성껏 대해

준다. 샤워 물줄기처럼 쏟아지는 기타노 아줌마의 환한 웃음을 보면 레온은 묘하게 기운이 났다.

　바람 하나 없는 조용한 밤이었다.
　달빛 속의 기타노 문방구점은 낮보다도 더욱 작게 보였다. 문방구점의 유리문은 닫혀 있고, 하얀 커튼이 쳐져 있었다.
　쥐 죽은 듯이 조용한 실내. 아줌마는 잠이 들었을지도 모른다. 히로시는 학원에서 돌아오는 길에 먼 길을 돌아 기타노 문방구점 앞에 도착했다. 레온과 약속한 대로 아줌마에게 사과하고 훔친 물건을 돌려줄 생각이었다.
　히로시는 추위로 곱은 손으로 가방을 열어 안에서 종이 봉투를 꺼냈다. 부스럭대는 소리가 크게 나자 아줌마가 깰까 봐 히로시는 가슴이 조마조마했다.
　'기타노 문방구점'이라고 쓰인 유리문 앞에 종이봉투를 놓고 히로시는 뒤도 안 돌아보고 쏜살같이 뛰어갔다.

　아줌마는 아침 일찍 일어난다. 등교 시간에는 언제나 가게 문을 열어놓는다.
　유리문을 드르륵 열고 빗자루와 쓰레받기를 들고 밖으

로 나온 아줌마는 하마터면 히로시가 놓고 간 종이봉투를 밟을 뻔했다. 깨끗한 종이봉투에는 백화점의 로고 마크가 새겨져 있었다. 아줌마는 눈을 가늘게 뜨고 코에 닿을 만큼 종이봉투를 가까이 들이대고 보았다.

"아이고. 분명 아이들 중 하나가 떨어뜨리고 간 거야. 여기다 놓고 간 줄도 모르고 찾고 있겠군."

아줌마는 가게를 보면서 모리노키 초등학교의 선생님이 지나가기를 기다렸다. 잠시 후 빨간 색 코트가 아줌마의 눈에 들어왔다. 교감인 사토 교코 선생님이었다.

"안녕하세요, 사토 선생님."

아줌마가 가게에서 나오자 사토 선생님은 빙그레 웃으며 가볍게 고개를 숙였다.

"이거요, 누가 놓고 간 것 같은데, 선생님이 좀 찾아 주세요."

사토 선생님은 아줌마가 건네준 종이봉투를 들고 안을 들여다보았다.

"기타노 할머니, 편지가 들어 있어요."

선생님이 종이봉투 안에서 편지를 꺼냈다.

"〈기타노 아줌마께〉라고 써 있는데요."

장갑을 낀 손으로 사토 선생님은 편지를 들고 있다. 아줌마는 눈을 깜빡이면서 말했다.

"난 눈이 잘 보이지 않아요. 선생님이 좀 읽어주시겠어요?"

"그러죠. 어디 보자, 〈기타노 아줌마, 죄송해요. 가게 물건을 슬쩍했어요. 다시 돌려드립니다〉 아니, 이건!"

사토 선생님의 얼굴색이 달라졌다.

"〈하지만 아줌마도 아이들이 슬쩍해가지 않게 조금 조심하는 것이 좋아요. 우리 반 아이도 아줌마 가게에선 쉽게 슬쩍할 수 있다고 했어요. 나는 이제 더 하지도 않을 거고, 곧 졸업이에요. 그러니까 안심하세요. 나를 찾지 마세요. 익명으로 쓰는 거예요. 그럼 안녕히 계세요.〉 이거 큰일이네."

사토 선생님은 빨간 입술을 꼭 다물었다. 아줌마는 슬픈 표정을 지었다.

"할머님, 이거 제가 갖고 갈게요. 우리 학교 학생이라면 그냥 둘 수는 없습니다. 큰 문제예요."

추운 아침인데도 사토 선생님의 이마에는 땀이 배어 있었다.

"그건 상관없지만, 큰맘 먹고 사과한 아이를 너무 야단치진 마세요."

기타노 아줌마는 사토 선생님에게 양손을 모으고 절을 하듯이 고개를 숙였다.

"그래도 이건 큰 문제예요. 그럼 저는 바빠서 이만."

그렇게 말하고 사토 선생님은 서둘러 교문 안으로 사라졌다.

아줌마는 크게 한숨을 내쉬고 하늘을 올려다보았다. 아줌마의 눈에는 파란 하늘이 파라핀 종이를 씌운 것처럼 하얗고 흐리게 보였다.

1교시, 6학년 전원이 체육관에 집합했다.

사토 선생님은 기타노 아줌마 앞으로 보낸 편지를 모두 앞에서 읽었다. 히로시의 얼굴이 새파래졌다. 온몸에서 피가 사라지고 눈앞이 캄캄해지는 것 같았다.

히로시는 같은 줄의 뒤쪽에 서 있는 레온을 보았다. 레온과 눈이 마주쳤다.

'바보, 무슨 짓 한 거야.'

소리는 내지 않았지만, 레온의 목소리가 또렷하게 히로시에게 전해졌다.

편지를 다 읽은 뒤 사토 선생님은 큰 한숨을 두 번 내쉬고 슬픈 표정을 지었다.

"오늘 아침, 선생님은 기타노 할머님께 크게 사죄했습니다. 할머니는 매우 화가 나셨어요. 문방구점의 물건을 훔친 학생은 정직하게 앞으로 나와요."

아이들 주위를 둘러싸고 서 있는 6학년 1반, 2반, 3반의 담임선생님들은 눈을 굴리며 아이들의 반응을 보고 있었다. 반 별로 서 있는 줄에서 '정직하게' 나올지, 선생님들은 내심 가슴을 졸이며 아이들을 지켜보았다.

어떤 줄도 흐트러짐 하나 없었다. 살짝 고개를 숙인 아이가 있었지만 앞으로 나오는 학생은 한 명도 없었다.

"여러분 중에 범인이 있다는 것을 알고 있어요. 어른을 만만하게 봐서는 안 돼요. 솔직히 말하지 않으면 철저하게 조사할 겁니다. 발견되면 단호하게 처벌할 테니까 그렇게 알아요."

사토 선생님은 체육관 구석구석까지 들릴 만큼 큰 소리로 말했다.

히로시는 갑자기 화장실에 가고 싶어졌다. 부들부들 다리가 떨렸다. 사토 선생님은 매서운 눈초리로 아이들을 보고 있었다.

체육관은 추웠다. 물을 끼얹은 듯한 조용함이 주위를 더욱 춥게 만들었다. 더 이상 참을 수 없자 히로시는 앞으로 나왔다.

"쯧쯧."

레온은 자기도 모르게 혀를 찼다. 히로시의 희망의 날개가 꺾인다고 생각하니 어쩐지 불쌍했다.

"선생님, 저……."

히로시는 꽈배기처럼 몸을 꼬았다.

"왜 그러니, 히로시. 화장실?"

"네. 도저히 못 참겠어요."

사토 선생님은 쓴웃음을 지으면서 체육관 문을 가리켰다.

히로시에게는 6년 동안 얌전하고 성적이 우수하며 착한 학생이라는 실적이 있었다. 선생님들은 히로시를 전혀 의심하지 않았다. 사토 선생님은 다시 큰 소리로 화를 냈다.

"어서 앞으로 나와요!"

'바로 지금 앞으로 나갔잖아요.'

레온은 찜찜한 기분으로 입술을 깨물었다.

"멍청한 녀석. 제대로 사과했으면 기타노 아줌마가 용서해줄 텐데."

오다 료헤이가 레온의 등에 대고 속삭였다. 료헤이도

똑같은 실수를 한 적이 있었다.

 교실로 돌아온 후에도 범인 찾기는 계속되었다.
 1반의 나카가와 치하루 선생님은 아이들에게 눈을 감으라고 했다.
 "다른 사람은 모르게 할 테니까 솔직하게 손을 들어주기 바란다."
 아이들은 실눈을 뜨고 누가 손을 들지, 가슴 졸이며 기다리고 있었다.
 히로시가 손을 들었다.
 아이들의 머리가 천천히 복도 쪽의 히로시에게로 향했다. 레온은 자기도 모르게 눈을 떴다.
 "다들 눈감아."
 나카가와 선생님은 큰 소리로 말했다. 히로시는 몸을 움찔했다. 올렸던 손을 얼른 배에 갖다댔다.
 "선생님, 배가 아파요. 집에 가도 돼요?"
 히로시는 양손으로 배를 감싸 쥐고 아픈 듯이 인상을 쓰며 말했다.
 "혼자 갈 수 있어? 너는 지금이 중요한 시기인데, 얼른 가서 쉬어."

나카가와 선생님 역시 히로시를 손톱만큼도 의심하지 않았다.
　가방을 어깨에 메고 교실을 나가던 히로시가 곁눈으로 레온을 쳐다보았다.
　'도망치는 거야? 비겁한 녀석!'
　레온의 입술이 그렇게 움직였다. 히로시는 눈을 감고 서둘러 교실을 나갔다.
　"아, 나도 배 아파. 선생님 조퇴해도 돼요?"
　료헤이가 굵은 목소리로 말했다. 순간, 나카가와 선생님이 천둥처럼 고함을 쳤다.
　"까불지 마! 선생님들은 진지한데. 료헤이, 넌 아니겠지?"
　"너무해요, 선생님. 인권 침해예요. 야, 레온, 무슨 말 좀 해줘."
　료헤이는 옆자리의 레온에게 도움을 청했다. 나카가와 선생님은 머리를 긁적였다. 난처할 때면 나타나는 선생님의 버릇이다.
　"레온, 넌 어때? 어쩐지 난 별로 돕고 싶질 않아."
　작은 소리로 료헤이가 말했다. 뭔가 석연치 않은 기분. 그런 기분이 드는 것은 레온만이 아니었다.

"선생님들은 왜 그렇게 범인 찾기에 애를 쓰세요? 조금 방법이 잘못된 것일지도 모르지만 일단 사과를 했으니까 그것으로 됐다고 생각해요."

레온은 일어나서 그렇게 말했다.

"저도 그렇게 생각해요. 그 편지에 더 이상 하지 않겠다고 했잖아요. 범인도 반성하고 있는 거니까 그것으로 된 것 아니에요?"

레온과 함께 학급위원을 맡고 있는 스즈키 사오리가 동조했다. 나카가와 선생님은 맞는 말이라고 생각하면서 둘의 의견을 듣고 있었다.

"왠지 기분 나빠요. 선생님은 대체 범인에게 무슨 말을 하고 싶으세요?"

료헤이의 질문에 나카가와 선생님은 팔짱을 끼고 생각했다.

"그야, 남의 물건에 손을 대서는 안 된다고 하겠지."

"그럼, 벌써 된 것 아니에요? 범인은 해서는 안 되는 것인 줄 알고 있으니까."

료헤이가 말하자 나카가와 선생님은 음, 하고 신음소리를 냈다.

"하지만 기타노 할머님께 정식으로 사과를 하지 않으

면 안 돼. 화가 많이 나신 것 같으니까……."

"그건 아닐 거예요. 기타노 아줌마는 화낼 때는 확실하게 화내요. 교감 선생님한테 말해서 범인을 찾게 하거나 하지 않아요."

평소 얌전한 다도코로 마이코가 교실 한쪽에서 작은 소리로 말했다. 맞아, 맞아, 하고 아이들이 맞장구를 쳤다. 나카가와 선생님은 다시 신음소리를 냈다.

"자꾸 나와, 나와 그러는데, 우리도 한두 살 먹은 어린애는 아니라고요. 선생님들이 진지하게 가르치고 싶은 것이 있으면 범인만 특별 취급하지 말고 모두에게 가르쳐주면 되지 않아?"

료헤이가 툴툴대자 사오리가 키득대며 웃었다.

"이렇게 일이 커지면 더 나오기 어려울 거예요. 범인 찾기는 이제 그만하고 체육해요, 선생님."

"네, 피구해요. 선생님, 우리 체육해요."

교실 여기저기서 아이들이 한마디씩 하자 나카가와 선생님은 여러 번 응응, 하며 고개를 끄덕였다.

"그래. 너희들의 말에도 일리는 있어. 하지만 그렇게 간단한 문제가 아냐. 교감 선생님이 단단히 벼르고 계시거든."

나카가와 선생님은 머리를 긁적이면서 생각에 잠겼다. 범인이 이 반에 있다는 것을 알면 나카가와 선생님도 난처할 거야, 하고 생각한 레온은 선생님이 불쌍했다.

나카가와 선생님은 학교에서 가장 젊은 남자선생님이다. 교무실에 있을 때보다 교실에서 아이들과 이야기하는 시간이 많았다. 조금 믿음직스럽지 못한 부분도 있지만 반 아이들을 이해하려고 노력하는 분이다. 아이들에게는 믿을 수 있는 선생님이었다.

"녀석이 이상한 식으로 도망치니까 점점 위험해지지."

레온이 작은 소리로 중얼거리자 료헤이의 눈이 반짝였다.

"녀석이라니 누구? 레온, 너 뭔가 알고 있지? 나한테만 말해 줘."

큰 소리로 료헤이가 말했다. 레온은 당황해 고개를 좌우로 흔들었다.

저녁 6시부터 시작되는 학원 수업에 레온은 간신히 지각을 면했다. 사립 중학교 입시가 멀지 않아서인지 학원의 교실 안은 조용한 긴장으로 가득 찼다.

가장 앞자리에 히로시의 머리가 보였다. 레온은 히로시

에게로 다가갔다.

"배는 어때? 괜찮아?"

히로시는 못 들은 척하고 레온을 완전히 무시했다.

"야, 히로시 너 듣고 있는 거야? 걱정했잖아."

레온이 히로시의 손목을 잡자 히로시는 차가운 눈빛으로 레온을 쳐다봤다.

"네 말대로 했다가 이런 꼴을 당했어. 더 이상 너와 친구하고 싶지 않아. 이거 놔. 공부 방해하지 마."

히로시는 레온이 잡은 손목을 뿌리쳤다. 아무 일도 없었다는 듯이 다시 참고서를 보았다. 레온은 히로시의 마음을 이해할 수 없었다. 빙글빙글 달라지는 히로시의 감정에 휘둘린 것 같아서 기분이 나빴다.

집에 돌아와서도 레온은 히로시의 어두운 눈빛이 어른거려 마음이 불안했다. 창 밖에서는 북풍이 숭숭 불며 요란한 소리를 내고 있다.

현관 옆 장식 테이블 위에 놓여 있는 전화기의 벨이 울렸다. 레온은 계단을 내려가 수화기를 들었다.

숨죽인 소리가 들렸다. 그것이 히로시의 목소리라는 것을 알 때까지는 약간 시간이 걸렸다.

"레온. 약속한 것 잊지 마."

녹음테이프를 틀어놓은 것처럼 리듬도 감정도 없는 목소리였다. 레온은 다급한 마음에 거칠게 말했다.

"약속이라니, 무슨 약속?"

"어제 약속했잖아. 아무한테도 말하지 않겠다고."

"말하지 않아. 아무한테도. 그보다 너."

"됐어. 듣고 싶었던 것은 그것뿐이니까."

"잠깐, 히로시. 네가 한 짓에 책임을 져. 야!"

히로시는 하고 싶은 말만 하고는 전화를 끊었다. 레온이 다시 걸어봤지만 받지 않았다. 레온은 수화기를 잡은 손에 힘을 주었다. 히로시에 대한 동정이 화로 변하는 것을 막을 수 없었다.

아침 조회 전, 선생님은 교내 방송으로 레온을 상담실로 불렀다.

"레온, 상담실에 불려갈 만한 일 한 거야?"

반 농담으로 료헤이가 말했다.

"그런 일 안 했어. 왜 부르는 건지 모르겠어."

그래도 마음 한 구석에서 불안이 고개를 들었다.

"교무실에 갈 일이 있으니까 같이 가자."

료헤이는 그렇게 말하고 레온의 뒤를 따라갔다. 상담실의 문이 조금 열려 있고, 사토 선생님과 나카가와 선생님이 말하는 소리가 들렸다.

"아버지는 아리사와 마사키, 38세. 어머니는 미오, 41세. 4학년 2반에 남동생 있고. 조사서를 보면 가정 환경은 좋은 듯한데. 어머니한테는 연락 취해놨죠?"

"네, 곧 오실 겁니다."

"좋아요. 아무튼 얼렁뚱땅 넘어가서는 안 돼요. 나카가와 선생님, 엄할 때는 엄해야 합니다."

"네."

짜랑짜랑한 사토 선생님의 목소리와 기어 들어갈 듯한 나카가와 선생님의 목소리. 레온과 료헤이는 서로 얼굴을 마주봤다. 처음 들어보는 나카가와 선생님의 어두운 목소리에 분위기가 심상치 않은 것을 느낄 수 있었다.

'여기서 듣고 있을게.'

료헤이는 몸짓으로 레온에게 그렇게 신호를 했다. 레온이 고개를 끄덕이자 료헤이는 문에 딱 달라붙어서 귀를 세웠다. 레온은 상담실 문을 두드렸다.

"들어와요."

사토 선생님의 목소리가 들리고 레온은 안으로 들어갔

다. 상담실 안의 팽팽한 긴장감이 레온을 불안하게 만들었다. 등을 곧게 편 사토 선생님 옆에는 나카가와 선생님이 거북처럼 등을 구부리고 앉아 있었다.

"아리사와 레온. 왜 정직하게 말하지 않았지? 선생님은 정말 실망했다."

갑자기 사토 선생님이 말했다. 레온은 무슨 말인지 몰라서 고개를 갸웃거렸다.

"시치미 떼지 마! 그 편지는 네가 쓴 거잖아. 아무리 성적이 좋아도 거짓말을 하거나 도둑질을 하는 것은 가장 못된 인간이야. 무슨 말인지 알아!"

사토 선생님은 눈을 치켜뜨고 흥분한 어투로 말하며 책상을 탁 쳤다.

나카가와 선생님과 레온은 몸을 움찔했다. 혼란스러운 머리로 레온은 필사적으로 생각했다.

"아니에요! 그건 제가 아니에요."

히로시의 어두운 눈빛이 떠올랐다.

"아직도 그런 말을 해! 자신이 한 행위에는 책임이 따르는 법이야. 반성의 기미가 보이지 않으면 결과가 어떻게 되든 선생님은 몰라!"

사토 선생님은 새빨개진 얼굴로 거칠게 말했다. 레온은

뻥 뚫린 구멍에 빠져 버린 것만 같았다. 꽉 쥔 주먹이 부들부들 떨렸다.

"나카가와 선생님, 편지 글씨를 보면 제가 쓴 게 아니란 걸 아실 거예요."

레온이 말하자 나카가와 선생님은 고개를 숙였다. 사토 선생님이 콧방귀를 흥 꼈다.

"요즘 애들은 아무튼 나쁜 쪽으로 머리가 잘 돌아가서 큰일이야. 적당히 부모와 교사가 응석을 받아주니까 그런 거야. 그렇죠, 나카가와 선생님?"

나카가와 선생님은 더욱 작게 몸을 움츠렸다.

"잘 들어, 아리사와 레온. 네가 남의 물건에 손 댄 것을 목격한 아이가 있어. 게다가 너는 비겁하게 주의를 준 그 아이를 협박해서 편지를 쓰게 했어. 어때, 내 말이 맞지?"

사토 선생님은 더 큰 소리를 냈다. 레온은 심장이 터질 것 같았다.

"그래서 편지의 글씨체를 조사해봤자 의미가 없어. 이렇게 될 것을 너는 예상했던 거야. 영리해. 과연 사립 중학교 시험을 치를 만한 머리는 있어."

사토 선생님은 몸을 앞으로 내밀며 말했다. 레온은 아플 만큼 입술을 세게 깨물었다.

'나쁜 녀석, 히로시에게 당했어.'

어젯밤 히로시가 왜 전화를 걸었는지, 그 의도를 이제야 알 것 같았다. 나카가와 선생님이 분위기를 수습하려는 듯이 말했다.

"아리사와 레온. 네가 한 일을 인정하고 어서 잘못했다고 해."

"저는 하지 않았어요. 도둑질하는 것을 본 것은 저예요."

레온은 부정했다. 사토 선생님의 네모난 이마에 핏줄이 섰다.

"아직도 정신 못 차렸어! 거짓말쟁이 같으니!"

레온은 필사적으로 눈물을 참았다. 레온의 소중한 자존심이 뭉개졌다.

마침 그때 문이 열리고 레온의 엄마가 들어왔다. 고급스러운 향수 냄새가 방 안에 퍼졌다. 들어오자마자 엄마는 사토 선생님에게 깊이 고개를 숙였다.

"죄송합니다. 정말 죄송합니다."

레온은 쥐어짜는 듯한 목소리로 말했다.

"아냐, 엄마. 내가 아냐!"

엄마는 레온의 얼굴을 보지 않았다. 그곳에 레온이 있

다는 것조차 눈치 채지 못하는 것처럼 행동했다. 의자에 앉더니 엄마는 큼, 하고 헛기침을 했다.

"이제 누구에게 사죄하면 되죠?"

사토 선생님은 엣, 하고 이상한 소리를 냈다.

"기타노 문방구점은 문이 닫혀 있어서 우체국을 통해 충분한 돈을 보내두었습니다. 또 다른 문제가 있나요?"

엄마의 입에서 물 흐르듯이 말이 나온다.

"이 아이, 다음 달에 입시가 있습니다. 학원에서도 기대하고 있어요. 스트레스가 쌓여 순간적으로 잘못한 것이라고 생각합니다. 학원 선생님도 자주 있는 일이라고 했어요."

사토 선생님은 자세를 고쳐 앉았다.

"하지만, 문제가 문제인 만큼 학교로서는 올바른 교육적 지도를……"

사토 선생님의 목소리에 지지 않으려는 듯 엄마는 큰 목소리로 말을 막았다.

"선생님들께 신세를 지는 것도 얼마 남지 않았어요. 지도는 됐습니다. 학교에 오지 말라고 하시면 그렇게 하죠. 오히려 그쪽이 더 공부에 집중할 수 있어요. 그렇지 않아도 졸업준비위원을 시켜서 난처하던 참이었어요."

엄마의 말은 압도적이었다. 사토 선생님의 기세가 완전히 꺾였다. 나카가와 선생님은 금붕어처럼 입을 빠끔거리고 있었다.

 "우리 아이한테는 매우 중요한 시기라서 마음이 흔들리게 하고 싶지는 않습니다. 이런 일로 시험에 떨어지기라도 하면 어떻게 합니까, 책임지시겠어요?"

 엄마는 터무니없는 말을 무표정한 얼굴로 말했다. 사토 선생님과 나카가와 선생님은 입을 반쯤 벌리고 엄마의 얼굴을 쳐다보았다.

 "이 건이 중학 시험에 영향을 주는 일은 없겠죠? 뭣하다면 변호사에게 부탁하자고 남편에게도 말해두었습니다. 선생님, 이제 됐지요? 레온을 데리고 가겠습니다. 질질 끌면 시험에 영향만 줄 뿐이에요."

 "잠깐, 잠깐요, 어머니. 그런 게 아니라……."

 말을 꺼내려는 나카가와 선생님의 팔꿈치를 사토 선생님이 잡아끌었다.

 "하지만 교감 선생님. 이건, 아무리 그래도……."

 "됐어요. 됐어."

 사토 선생님은 엄마의 기세에 밀려 완전히 입을 다물고 말았다.

"레온, 집에 가자."

엄마는 그때 처음으로 레온을 보았다. 레온은 기분이 나빴다. 누군가 멋대로 자기 마음에 손을 쑤셔 넣어 마구 휘저은 것처럼 불쾌함이 남아 있었다.

교실로 돌아가는 나카가와 선생님의 마음은 무거웠다.

료헤이의 입을 통해 아이들 모두는 레온에 대한 일을 이미 알고 있었다.

레온을 의심하는 사람은 한 명도 없었다.

나카가와 선생님이 교실로 들어가자 반 아이들은 일제히 차가운 시선으로 선생님을 보았다. 시선은 바늘처럼 날카롭고 깊게 선생님의 마음에 꽂혔다.

"선생님, 레온은 그런 짓 하지 않아요. 분명 잘못 된 거예요."

사오리가 울면서 소리쳤다. 료헤이는 빨갛게 된 눈으로 나카가와 선생님을 노려보았다.

"맞아요, 선생님. 2년 동안 레온과 친하게 지냈어요. 그런 짓 할 녀석이 아니에요."

"레온은 기타노 아줌마랑 친해요. 그곳 물건을 슬쩍할 리 없어요, 그런 편지 쓸 이유가 없어요."

아이들은 각자 자신의 생각과 분노를 나카가와 선생님에게 직접적으로 드러냈다. 나카가와 선생님은 가슴이 뭉클해졌다.

6학년 1반은 마음이 따뜻한 아이들이 모인 반이라고 선생님은 언제나 느끼고 있었다. 작은 문제는 늘 일어났다. 순종하지 않는 만큼 선생님들에게 야단맞은 적도 많았지만 대화를 통해 생각을 넓혀갔다. 졸업을 앞두고 나카가와 선생님이 감탄할 정도로 아이들은 훌쩍 커 있었다.

울면서 필사적으로 레온을 지키려는 아이들의 마음에 선생님은 감동했다.

"선생님, 무슨 말 좀 하세요!"

다그치는 소리에 감동하면서도 선생님은 변명을 했다.

"선생님도 믿고 싶어. 하지만 증인이 있다."

"누구예요, 그게?"

날카로운 어투로 료헤이가 물었다.

"거짓말을 하는 건 그 녀석이에요. 누군지 말해 주세요."

료헤이는 금방이라도 울음을 터뜨릴 것 같았다. 나카가와 선생님은 결석한 히로시의 자리를 힐끗 쳐다봤다.

"그건 말할 수 없어. 아이들한테 따돌림 당하지 않을까 걱정도 되고."

"그렇게까지 이름을 밝히기 꺼려하다니 비겁해요."

"왜 레온를 믿지 않고 그 아이를 그렇게까지 믿는 거죠?"

나카가와 선생님은 자신이 하는 말에 점점 자신감을 잃었다.

"레온은 자기가 한 게 아니라고 했잖아요. 왜 선생님은 믿어주지 않나요?"

눈물을 글썽거리면서 마이코가 말했다.

"레온은 죄가 없어요. 그건 우리 모두가 알고 있는데, 말도 안 되는 소리를 들었으니 너무 불쌍해요. 선생님, 레온의 기분을 생각해보셨어요?"

료헤이의 말에 나카가와 선생님은 억울해하는 레온의 얼굴을 떠올렸다.

"결국 선생님은 우리를 믿지 않았어요."

"선생님이 평소 하는 말과 어제부터 선생님이 하는 행동은 완전히 달라요."

한 마디 한 마디가 가시가 되어 선생님의 마음을 찔렀다. 나카가와 선생님은 고개를 숙였다. 더 이상 아무 말도 할 수 없었다.

나는 무엇을 본 것일까, 하고 선생님은 생각했다. 레온을 믿을 수 없었던 만큼 반 아이들의 얼굴을 바로 쳐다볼 수조차 없었다.

레온의 고통이 선생님에게도 전해졌다. 눈물이 흘렀다. 선생님은 수건으로 눈물을 닦으면서 생각했다.

아이들에게 가르쳐온 많은 말들. 지켜야 할 것을 지키지 못했던 자신의 연약함이 모든 것을 물거품으로 만들어 버렸다.

어른의 눈이 늘 옳은 것을 본다고는 할 수 없다. 어른의 행위가 늘 옳다고는 할 수 없다.

자신의 눈으로 보고, 자신의 마음으로 느껴라. 믿을 수 있는 것을 위해 행동해라.

나카가와 선생님의 손에 든 수건은 흐르는 눈물로 점점 무거워졌다.

추운 날에는 어깨동무를

"난, 하지 않았어!"

부엌에서 분주히 움직이는 엄마의 뒤를 쫓아다니면서 레온은 큰 소리로 말했다.

"알았어. 끝난 일이니까 잊어버리자."

엄마는 시끄럽다는 듯이 고개를 가로 저었다.

"제대로 내 이야기를 들어 줘. 나를 믿지 않는 거야?"

껍질을 벗긴 감자와 당근을 커다란 냄비에 넣은 후에야 엄마는 레온을 쳐다봤다.

"다 끝난 일이라고 했지!"

눈 꼬리가 위로 올라갔다.

"너야말로 바보가 아니니까 지금 뭐가 가장 중요한지

알 것 아냐."

팔짱을 끼고 엄마는 레온을 노려봤다.

"하지만 나는 하지 않았어. 누명을 썼어, 억울하다고!"

"그런 것 이제 어떻든 상관없어. 엄마가 학교에 가서 사과했잖아. 그보다 시험까지 얼마 안 남았어. 기분 전환하고 다시 공부해야 해."

그러고 나서 엄마는 애써 웃는 얼굴을 지어 보였다.

"저녁은 네가 좋아하는 비프스튜야. 자, 얼른 방에 가서 공부하고 있어. 시간 낭비하면 안 돼."

엄마는 아주 간단하게 레온의 기분을 정리하려 했다. 몸이 얼어붙는 듯한 추위를 느꼈다.

"알았어."

레온은 내뱉듯이 건성으로 말했다. 마음에 슬픔의 파도가 몰려왔다.

어깨를 떨어뜨린 레온의 등을 엄마는 세게 밀었다. 그리고 밝은 목소리로 말했다.

"자자, 목표로 한 중학교 합격을 위해 노력하자! 엄마도 아빠도 기대하고 있어."

분노가 레온의 몸 안쪽에서 빠른 기세로 몰려왔다. 레온은 뒤돌아보며 소리쳤다.

"엄마는 내가 어떤 인간인지 전혀 관심 없지!"

참고 있었던 눈물이 쏟아지며 레온의 뺨을 적셨다.

"내 감정 따위 어떻든 엄마는 상관없어. 하지만 나는 로봇이 아냐. 억울하고 분해. 엄마가 나를 믿어주지 않는 것이 너무 분해."

주먹으로 눈물을 닦으면서 레온이 말했다.

"사과하지 않았으면 했어. 나와 같이 싸워줬으면 했어. 왜냐면, 왜냐면 내 엄마잖아……."

닦아도 눈물이 계속 흘렀다. 레온은 셔츠 소매를 잡아당겨 얼굴을 덮었다.

"왜 그래?"

유키가 주뼛대며 부엌 밖에서 들여다보고 있었다.

"엄마, 형 왜 울어?"

놀라는 유키에게 엄마는 무서운 얼굴을 지어 보였다.

"적당히 해라, 응? 적당히 해! 가족이 모두 너를 위해서 얼마나 신경을 쓰고 있는지 알아?"

엄마는 앞치마를 요란스럽게 벗어 던지더니 거실로 나갔다.

레온은 그 자리에 선 채 소리 죽여 울었다. 엄마는 자신을 믿어주지 않는다. 너무 슬프고, 온 몸이 떨릴 정도로 마음이 허전했다.

"형……."

유키가 레온의 등에 살짝 손을 댔다. 차가운 마음이 유키의 손으로 다시 천천히 따뜻해졌다.

"난 형 편이야."

엄마에게 들리지 않도록 작은 소리로 유키가 말했다. 레온은 자기도 모르게 동생의 머리를 감싸 안았다.

뼈가 시리도록 추운 아침이었다.

창 밖으로 북풍이 소리를 내며 지나간다.

"형, 엄마가 학교 가지 말래."

가방을 멘 유키가 레온의 방문을 열고 말했다. 레온은 침대 위에서 잠옷 차림으로 멀거니 천장을 보고 있었다.

"시험 끝날 때까지 학교 쉬래. 엄마랑 아빠가 그렇게 결정했다고 말하래."

유키는 불만스러운 듯이 입을 삐죽 내밀었다.

"형이랑 같이 학교 갈 수 있는 날도 얼마 남지 않았는데."

레온은 눈만 움직여 유키를 보았다. 몸이 나른해서 일어날 힘도 없었다.

'맞아. 졸업까지 얼마 안 남았지.'

하지도 않은 죄를 뒤집어 쓴 채 졸업해야 한다고 생각하니 레온은 억울해서 다시 눈물이 났다.

'모두 어이없어 할 거야. 아마 말도 걸지 않을지 몰라.'

시간이 얼마 지나지 않았는데도 학교와 친구들이 까마득히 멀게만 느껴졌다. 교실 난로의 온기, 급식 냄새, 료헤이와 사오리의 웃음소리, 복도에서 스치는 히카루의 옆얼굴……. 이제 다시는 돌아갈 수 없는 세계야, 하고 레온은 생각했다. 눈물이 눈 꼬리를 따라 베개로 떨어졌다.

"형, 눈 와."

유키가 커튼을 열며 말했다. 창문 밖으로 작고 하얀 눈송이가 춤을 추고 있다.

"쌓이면 좋은데. 학교 갔다 오면 마당에서 눈사람 만들자, 응?"

레온을 위로하듯이 유키는 일부러 들뜬 목소리로 말했다.

"어, 형. 저기 봐, 어떻게 된 거지?"

유키가 창 아래를 가리키며 레온을 보았다. 레온은 천천히 일어났다. 유키 옆으로 가서 같이 창 아래를 내려다보았다.

하얀 눈이 내리는 길가에 우산 여러 개가 있었다. 모퉁이를 돌아 뛰어오는 우산도 보인다. 레온은 눈을 비볐다.

유키가 창문을 열었다.

눈송이가 방 안으로 날아들었다.

빨간 우산, 검은 우산, 파란 우산……. 많은 우산이 레온의 집 앞으로 몰려들었다. 레온은 창에서 몸을 내밀듯이 하고 아래를 보았다.

빨간 우산이 흔들리고 사오리가 2층에 있는 레온의 방 창문을 올려다보았다.

"안녕, 레온! 학교 같이 가자!"

사오리가 레온을 보고 손을 흔들었다. 료헤이가 검은 우산을 내던지고 창 아래로 뛰어왔다.

"레온! 지각이야. 빨리 와."

"우리 같이 지각하자. 다 같이 지각하면 무섭지 않아!"

6학년 1반 아이들이 크게 손을 흔들고 있다. 레온은 온몸이 뜨거워졌다.

"뭐야, 너희들. 지각하면 또 1반, 정신 상태가 어쩌니 하면서 야단맞을 거야."

레온의 눈에 눈물이 고였다.

"형 또 운다. 나보다 훨씬 울보가 됐어."

옆에서 키득대는 유키에게 콩, 하고 꿀밤을 먹이며 레온이 말했다.

"학교 가자. 꾸물대면 두고 갈 거야."

레온은 잠옷을 벗어 던지고 서둘러 옷을 갈아입고는 우산 물결 속으로 뛰어들었다.

여러 개의 우산이 이어지면서 길게 어깨동무를 했다.

하늘은 알고 있다

기타노 문방구점의 유리문은 2주가 지나도 줄곧 닫혀 있었다.

"아줌마, 눈 수술 받았대."

가게 앞에서 걸음을 멈춘 레온에게 료헤이가 말했다.

"눈 수술?"

"응, 백내장이래. 많이 안 좋았는데 가게를 닫는 게 싫어서 아줌마, 계속 참았던 것 같아."

"그래서 아줌마는?"

"수술은 간단히 끝났대. 히카루 엄마가 말해줬어. 퇴원은 했는데, 가게는 한동안 열지 않을 모양이야."

료헤이는 손에 든 농구공을 바닥에 통통 튀기면서 말

했다.

"아줌마도 이제 많이 늙었잖아, 히카루네 집에서 같이 살면 좋을 텐데."

공을 레온에게 패스하면서 료헤이는 말했다. 히카루네와 료헤이네는 가깝게 지냈기 때문에 아줌마에 대한 일이나 히카루에 관한 것도 료헤이는 잘 알고 있었다.

료헤이에게 다시 공을 패스하면서, 레온은 불만스럽게 말했다.

"문방구는 어떻게 되는 거야? 가게가 없어지면 불편할 텐데."

기타노 문방구점도 없어지고, 아줌마도 만날 수 없게 될지 모른다고 생각하니 레온은 슬펐다.

학교가 끝난 후의 운동장은 조용했다. 료헤이가 공을 드리블하는 소리가 엄청 크게 들렸다.

"레온."

히카루가 조심스럽게 레온을 불렀다. 레온이 뒤돌아보니 기타노 아줌마와 히카루가 슈퍼 비닐 봉투를 들고 서 있었다. 아줌마는 야위어서인지 더 작아 보였다.

"미안하다. 레온에게 정말 미안해."

아줌마는 레온에게 머리를 숙였다.

"아줌마야말로 피해자잖아요. 제게 사과하실 것 없어요."

레온은 양손을 저으며 말했다.

"아줌마, 괜찮으세요?"

오른쪽 겨드랑이에 공을 끼고 료헤이가 아줌마에게로 뛰어왔다.

"응, 응, 괜찮아. 이젠 아주 잘 보여. 아니, 료헤이. 눈 밑의 상처는 어떻게 된 거니?"

아줌마는 조심스럽게 료헤이의 상처를 만져보면서 물었다.

"부딪혀서 그래요. 정말 잘 보이시나 보네. 이젠 가게에서 슬쩍할 수 없게 됐다고 아이들한테 말해 둘게요."

료헤이가 말하자 아줌마는 크게 소리 내어 웃었다. 그리고 아직 웃음이 남은 눈으로 레온을 보았다.

"얘, 레온. 히카루한테 사정 얘기를 듣고 많이 놀랐단다. 정말 미안해."

레온의 마음에 씁쓸한 무언가가 치올랐다. 아줌마는 이해해, 하고 말하듯이 고개를 끄덕였다.

"레온, 료헤이, 같이 가지 않을래? 퇴원한지 얼마 되지 않아서 찬바람은 아직 좀 그렇구나. 같이 가서 따뜻한 차라도 마시자."

아줌마는 마른 몸에 어울리지 않는 강한 힘으로 레온의 어깨를 밀었다.

아줌마의 방에서는 따뜻한 냄새가 났다.

낡은 다다미방 여기저기에 물건들이 놓여 있었다. 신문지 꾸러미, 새로 만들다 만 걸레, 개켜서 쌓아놓은 빨래……. 신기하게도 깨끗하게 정돈된 레온네 거실보다 마음이 차분해졌다. 아줌마의 말대로 고타쓰(일본의 난방 도구이다. 사각으로 된 상 아래에 적외선 등을 달고 이불을 덮은 뒤 그 위에 널따란 판자 같은 것을 얹는다. 이불 안쪽에 발을 넣으면 몸이 따뜻해진다.)에 발을 넣자 점차 몸이 따뜻해졌다.

히카루가 끓여 준 홍차를 레온과 료헤이가 맛있게 마시고 있는데, 누군가 바깥문을 쿵쿵 두드렸다. 히카루가 일어나 가게의 유리문을 열었다.

"할머니, 나카가와 선생님이 드릴 말씀이 있대요."

가게 쪽에서 히카루가 말했다. 레온과 료헤이는 서로 얼굴을 마주봤다.

"마침 잘 됐다. 어서 들어오시라고 해라."

아줌마는 큰 소리로 대답했다.

히카루의 안내로 방으로 들어온 나카가와 선생님은 레

온과 료헤이의 얼굴을 번갈아 보며 놀란 표정을 지었다.

선생님이 고타쓰에 발을 넣자 료헤이는 고개를 옆으로 돌렸다.

"료헤이, 선생님께 그러면 안 돼."

아줌마가 가볍게 료헤이를 나무랐다.

"우리를 배반했다고요."

료헤이는 나카가와 선생님을 노려보았다. 선생님은 어깨를 움츠렸다.

"그런 말 들어도 쌉니다. 전 미숙하고, 부족한 교사예요."

나카가와 선생님은 정말 자신이 없는 듯 작은 소리로 말했다.

"반 아이들의 신용을 완전히 잃었어요. 한심하죠. 그래서 어떡해서든 레온의 무죄를 증명하려고……. 할머님께 여쭙고 싶은 것이 있어서 왔어요."

"진짜 범인이 누구냐고요?"

료헤이가 눈을 동그랗게 뜨고 말했다.

"나도 알고 싶어요. 아줌마, 그 날 가게에 왔던, 그럴 것 같은 녀석, 알죠? 가르쳐줘요."

"부탁입니다. 말씀해주세요."

료헤이와 나카가와 선생님은 아줌마를 보며 다그쳤다. 아줌마는 고개를 숙인 레온을 쳐다보았다.

"선생님, 내가 그 아이일 것 같다고, 누군가의 이름을 말하면 어떻게 하실 건가요? 다시 같은 잘못을 저지르는 것이 되지 않겠어요?"

나카가와 선생님은 놀란 눈으로 아줌마를 쳐다봤다.

"내가 확실히 아는 것은 말이죠, 선생님."

아줌마는 둥글게 굽은 등을 바로 펴며 선생님에게 말했다.

"아리사와 레온이라는 아이는 남의 물건에 손을 대거나 거짓말 하는 그런 아이가 아니라는 것입니다. 깨끗하고 따뜻한 마음을 가진 아이예요."

아줌마는 그렇게 말하더니 레온을 보며 빙그레 웃었다. 레온은 아줌마의 주름 진 얼굴을 쳐다봤다. 기쁨의 눈물이 가슴 깊은 곳에서부터 솟구쳤다.

"나, 나이 헛먹지 않았어요. 눈이 잘 안 보여도 깨끗한 마음은 알아볼 수 있습니다. 레온의 마음은 언제나 밝게 빛나고 있었어요."

나카가와 선생님은 측은할 정도로 어깨를 바짝 움츠렸다.

"히카루한테서 학교에서 있었던 이야기를 들었습니다, 선생님. 레온이 크게 마음을 다쳤겠구나, 미안해서 어쩌나, 너무너무 신경이 쓰였어요. 왜 학교 선생님이 그런 분별없는 행동을 한 건지, 아무리 생각해도 이해되지 않았어요."

아줌마는 찻잔을 들고 입김을 후후 불어 차를 식혔다.

"보통은 남의 소중한 자식을 범인 취급하는 일은 할 수 없지요, 선생님."

레온은 희미하게 빛을 띤 아줌마의 눈동자를 뚫어지게 쳐다보았다.

"편지를 쓴 아이는 나름의 최선을 다해 사과한 것이지 않습니까? 어른의 좁은 마음이 또 다른 커다란 죄를 짓게 했어요."

나카가와 선생님의 얼굴이 새빨개졌다.

"하지만 달리 방법이 없었어요. 남의 물건에 손을 댄 아이를 그대로 놔둘 수는 없잖아요."

작은 소리로 선생님은 대답했다. 아줌마는 훗 하고 웃었다.

"선생님은 나쁜 짓 했다고 혼난 적 없으세요?"

아줌마의 질문에 솔직한 선생님은 고개를 갸웃거리며

열심히 생각했다.

"아주 영리하고 착한 아이였나 보네요."

아줌마는 웃었다. 선생님도 덩달아 머리를 긁적이며 웃었다.

"나는 일곱 살 때 말이죠, 동네 구멍가게에서 유리구슬 몇 개를 훔친 적이 있어요. 무척 갖고 싶었거든요. 뛰어서 도망쳐 사람이 없는 산길까지 갔는데……."

아줌마는 그때를 생각하듯 눈을 가늘게 떴다.

"유리구슬을 쥐고 있었던 오른손이 땀으로 흥건했어요. 헉헉, 숨을 몰아쉬면서 난 해님을 향해 유리구슬 하나를 비쳐 보았죠. 반짝반짝 빛이 나고 아주 아름다웠어요. 그때였어요."

료헤이와 레온은 침을 꼴깍 삼켰다.

"어허, 도둑질은 나쁜 거야, 하고 팔손이나무 잎으로 얼굴을 가린 할아버지가 어디선가 나타났어요. 난 기겁해서 그 자리에 주저앉아 버렸죠."

아줌마는 마치 바로 전의 일처럼 허리를 손으로 문질렀다.

"할아버지는 말했어요. '하늘이 알고 땅이 알고 네가 알고 내가 안다'는 말이 있다. 자기가 한 행동은 아무도 모를 거라고 생각해서는 안 돼. 하늘에서 다 보고 계신다. 네가 서 있는 이 땅도 속이거나 할 수 없어. 누군가가 널 지켜보고 있어. 무엇보다도 자기 마음이 가장 잘 보고 있지. 자신을 더럽히는 짓은 해서는 안 돼."

아줌마는 눈물이 글썽한 눈에 살짝 손가락을 댔다.

"팔손이나무 잎으로 얼굴을 가리고 '나는 도깨비다' 하고 말했지만, 나는 구멍가게 할아버지라는 것을 금방 알았어요. 그래도 할아버지는 끝까지 도깨비 흉내를 냈어요. 다시는 하지 않을게요, 하고 말했더니 '착한 아이구나, 알았으면 됐다' 하고는 그대로 가버렸죠."

나카가와 선생님은 아줌마의 이야기에 푹 빠져 있었다.

"야단을 친다는 것은 말이죠, 선생님, 그런 거 아닐까요? 나는 그 다음부터 '하늘이 알고 땅이 알고 네가 알고 내가 안다'는 말이 귓가에서 떠나질 않았어요. 자신을 더럽히는 짓은 절대 할 수 없었답니다."

"아줌마, 왜 그 할아버지는 자기가 도깨비인 것처럼 말했어요?"

료헤이가 진지한 얼굴로 물었다.

"왜 그랬을 것 같니?"

아줌마는 빙그레 웃으며 레온과 히카루 그리고 료헤이

를 쳐다보았다.

"할아버지는 모른 척하셨던 거야. 내가 할아버지를 봤을 때 괴로워하지 않게, 죄 의식을 느끼지 않게 말야……."

그렇게 말하자 레온은 눈물이 글썽해졌다. 아줌마는 천천히 여러 번 고개를 끄덕였다. 나카가와 선생님은 번개를 맞은 것처럼 꼼짝하지 않았다.

"야단맞는 할머니의 마음이 상처를 받지 않게 신경 써 주었던 거군요. 자신의 잘못을 깨닫고 다시는 하지 않도록 말예요."

턱을 괴고 있던 히카루가 말했다.

지붕을 때리는 바람 소리가 들렸다. 초겨울의 찬바람이 유리문을 흔들었다.

나카가와 선생님과 레온은 집으로 가는 길에 역까지 같이 걸었다.

"레온, 정말 미안하다."

코트 깃을 세우면서 선생님은 말했다.

"됐어요, 이제."

레온은 싱긋 웃었다. 오랜만에 마음이 후련해지는 것

같았다. 겨울의 저녁놀에서 봄 햇살 같은 냄새가 났다.

"레온, 왜 입 다물고 있었니? 넌 누가 했는지 알지?"

레온은 앞을 본 채 대답했다.

"말하지 않겠다고 약속했거든요. 게다가 그 녀석의 기분이 이해가 돼요."

"넌 정말 대단한 녀석이다."

선생님은 걸음을 멈추고 레온의 얼굴을 들여다보았다. 결심한 듯 선생님은 이야기를 꺼냈다.

"교감 선생님께 전화를 건 것은 히로시였어. 네가 감싸려고 하는 것도 히로시지?"

레온은 솔직하게 고개를 끄덕였다. 나카가와 선생님은 역시, 하고 작은 소리로 중얼거렸다.

"매일 히로시네 집을 찾아가고 있어. 이대로 친구에게 죄를 덮어씌운 채 초등학교 시절을 보내게 하고 싶지 않거든. 어딘가에서 결말을 짓지 않으면 히로시는 계속 초등학생인 채로 나이만 먹게 돼."

선생님은 코트 주머니에서 껌을 꺼내 레온에게 한 개를 건넸다. 선생님도 종이를 뜯어 입에 넣었다.

"내 친구 중에도 비슷한 녀석이 있어. 초등학교 때 친구를 왕따시킨 것이 계속 마음의 상처로 남아서 어른이 될 수 없었지. 히로시는 그런 실수를 하지 않았으면 해. 제대로 자신의 잘못을 인정하고, 성장했으면 좋겠어."

껌을 씹으면서 선생님은 말했다.

"어떻게 해서든지 히로시를 만나서 이야기하고 싶은데 어머니가 만나게 해주질 않아. 동요하게 만들지 말래."

레온은 후후후 웃었다. 이상하다는 표정을 짓는 선생님에게 레온은 말했다.

"우리 엄마도 똑같은 말을 했어요."

선생님은 레온의 어머니와 사토 선생님의 대화를 떠올리고, 고개를 끄덕이며 웃었다.

"선생님, 히로시는 겨울 매미라서 아직 어려워요. 흙 속에서 나오지 않았거든요."

"겨울 매미?"

"제가 해볼 테니까 선생님은 더 이상 신경 쓰지 않으셔도 돼요."

레온은 힘 있게 말했다. 선생님은 믿음직스럽다는 듯이 레온을 쳐다봤다.

선생님이 노래를 흥얼거렸다. 오랜만에 상쾌한 기분이 들었다. 레온이 밝은 목소리로 말했다.

"선생님, 음정이 하나도 안 맞아요."

"오랜만에 기분 좋게 부르는데, 요 녀석."

레온이 웃었다. 선생님도 소리 내어 웃었다.

옅은 주황빛으로 물든 저녁 하늘이 짙은 어둠으로 바뀌고 있었다.

결말을 짓자

"수험표, 챙겼니?"

엄마는 아침 일찍부터 안절부절못하며 몇 번이고 같은 말을 되풀이했다. 레온은 빵을 입에 넣으면서 고개를 끄덕여 대답했다. 학원에서 나눠 준 '수험 시 주의 사항'을 소리 내어 읽으면서 엄마는 식탁 위에 도시락 두 개를 놓았다.

"왜 두 개야?"

레온은 낮은 소리로 물었다.

"엄마도 같이 갈 거야. 아무리 면접은 본인 혼자 한다고 하지만 부모가 따라가지 않으면 감점될지도 모르잖아."

당연하다는 듯이 엄마는 가슴을 펴고 말했다.

"혼자 갈 거야. 그렇게 말했잖아."

레온이 말하자 엄마의 눈 꼬리가 실룩거렸다.

그 사건 후 레온은 엄마를 멀리 하게 되었다. 상처받은 마음이 아직 엄마를 온전히 받아들이지 못하고 있었다.

"너, 시험 보는 곳은 부속중학교뿐이잖아. 떨어지면 어떡해? 네가 다른 곳은 시험도 보지 않겠다고 해서 접수도 안 시켰어. 떨어지면 너를 위해 엄마가 해온 노력은 완전히 물거품이 되잖아!"

엄마는 험악하게 인상을 쓰며 소리쳤다. 레온은 무시하고 빵을 먹었다.

"가족 모두 얼마나 신경 썼는데. 네 미래를 위해서 엄마도 가야 해."

엄마는 목소리 톤을 바꿔 레온을 꾸짖었다. 레온은 꿈쩍도 하지 않았다.

"그럼, 내가 안 갈래."

눈에 힘을 주고 레온은 엄마를 노려보았다.

시험장에는 꼭 혼자 가야만 할 이유가 있었다. 하지만 그것을 엄마에게는 말할 수 없다.

엄마는 도시락 하나를 쓰레기통에 버렸다. 일부러 큰 소리가 나도록 세게 내던졌다. 그러고 나서 요란하게 슬리퍼를 끌며 밖으로 나갔다. 조금 있자 아빠가 부엌으로 들어왔다.

"레온, 아빠가 같이 갈까?"

넥타이를 매면서 아빠는 말했다.

"됐어요. 혼자 갈 수 있어요."

"하지만 다른 애들은 대개 부모가 같이 가잖아. 그게 상식인걸."

아빠는 식탁 위의 마시다 만 커피 잔을 들었다.

"엄마는 너 따라가려고 옷이며 백까지 챙겨놓고 신경 썼는데, 데리고 가주렴."

아빠는 레온의 얼굴에 이마를 갖다대며 작은 소리로 말했다.

"싫어요."

레온이 정색을 하며 거절하자 아빠는 놀란 표정을 지었다.

"너 요즘 무슨 일 있었니? 어리광도 전혀 부리지 않고."

아빠는 한 달 전에 레온에게 일어난 일을 까맣게 잊고 있었다. 레온은 무심한 아빠의 얼굴을 멍하니 쳐다보았다.

"그렇게 말하지 말고 엄마 데리고 가. 부탁이야. 엄마 기분이 나쁘면 집안 분위기가 엉망이잖아."

"혼자 갈 거예요."

아빠는 하는 수 없다는 듯이 고개를 가로젓더니 차갑게 식은 커피를 마저 마셨다.

"용돈 주마. 이거면 되니?"

아빠는 바지 주머니에서 불룩한 지갑을 꺼내더니 만 원짜리 몇 장을 꺼냈다.

"필요 없어요."

아빠가 내민 돈을 거들떠보지도 않고 레온은 말했다. 아빠는 떨떠름한 얼굴로 돈을 지갑에 넣었다.

"부탁한다. 엄마가 꼭 가고 싶다고 하니까, 응? 레온, 아빠 좀 살려줘."

"미안해요, 아빠. 엄마 기분까지 생각할 여유가 없어요."

레온이 어른스럽게 말하자 아빠는 난처한 표정을 지었다.

"시간 없어요."

그렇게 말하고 레온은 일어났다.

아빠는 고개를 숙이고 넥타이를 만지작거리면서 엄마에게 할 변명거리를 찾고 있었다. 아빠가 내쉬는 한숨소리가 현관에 있는 레온의 귀에까지 들렸다.

'아빠는 언제나 일밖에 몰라. 일 말고 다른 것에도 관심을 갖고 마음을 쓸까?'

경사가 급한 언덕길을 뛰어가면서 레온은 생각했다.

공부만 강요하는 엄마의 일방적인 방식에 반발해 레온과 유키는 아빠한테 상의한 적이 있었다. 그때 아빠는 시끄럽다는 듯이 손을 내저었다.

"집안일은 엄마가 다 알아서 하기로 했어. 엄마 하라는 대로 하면 시끄럽지 않으니까 잠자코 엄마 말대로 해."

아빠가 바라는 조용한 가정은 레온과 유키의 감정에 무거운 뚜껑을 씌운 셈이 되었다. 아빠는 그것을 줄곧 모르는 척하고 있다.

'내가 지금부터 하려는 것을 아빠가 알면 어떻게 될까? 엄마는 목청을 돋우며 화를 낼 테니까 한 바탕 폭풍이 불겠지?'

레온은 한숨을 휴우 내쉬고 하늘을 올려다보았다.

겨울 태양이 야산의 나무들을 향해 부드럽게 미소 짓고 있다.

레온은 걸음을 멈추고 크게 심호흡을 했다. 이른 아침의 차가운 공기가 몸 안으로 들어왔다. 마음이 차분해지면서 망설임이 완전히 사라졌다.

"야, 레온, 같이 가."

지하철 역 앞 횡단보도에서 신호를 기다리는데 뒤쪽에서 료헤이의 목소리가 들렸다. 료헤이는 레온 옆으로 뛰어와 숨을 헉헉 몰아쉬며 말했다.

"나도 시험장에 갈 거야, 부속중학교."

같이 길을 건너면서 레온이 이상하단 표정으로 료헤이를 보았다.

"왜? 넌 공립 가기로 하지 않았어?"

레온이 묻자 료헤이는 씩 하고 웃었다.

"전에 레온 네가 히로시에 대한 이야기 해줬지? 기타노 아줌마네 간 다음 날."

료헤이의 말에 레온은 한 달 전 료헤이와 했던 이야기가 생각났다.

레온은 료헤이에게 나카가와 선생님과 히로시에 대한 것을 전부 털어놓았다. 레온 혼자서는 도저히 감당할 수 없게 되었기 때문이었다. 이야기를 듣고 난 후 료헤이가 말했다.

"어쨌든 히로시와 결말을 지어야 해."

"응. 하지만 그 녀석, 학교에도 오지 않고 걔 엄마도 만나게 해주질 않아."

"그럼 부속중학교 입시 날로 해야겠다. 거기에는 꼭 올 거 아냐."

"나도 그 방법밖에 없다고 생각해."

레온이 말하자 료헤이는 크게 고개를 끄덕였다.

"생각났어, 맞아, 그랬어!"

아직 숨을 몰아쉬고 있는 료헤이를 보면서 레온은 자기도 모르게 소리를 질렀다.

"시험 보는 건 자유잖아. 너 혼자 할 생각 마. 네가 실수하면 내가 그 녀석과 끝을 보겠어. 디펜스는 완벽한 것이 좋아."

료헤이는 좋아하는 농구에 비유해 말했다.

"하지만 부속중학교 시험 본다는 말, 너 나한테 한 마디도 안 했잖아."

오른손 주먹으로 왼쪽 손바닥을 툭툭 치면서 료헤이는 웃었다.

"레온. 너야말로 히로시에 대해 계속 입 다물고 있지 않았냐?"

차표를 사면서 료헤이가 레온을 돌아보며 말했다.

"너한테는 미안한데, 우리 아빠한테는 다 말했어."

레온은 놀라서 눈을 동그랗게 떴다.

"우리 아빠, 옛날에 한 가닥 했잖아. 확실히 결말을 짓는다, 우정이다 하는 데에는 아주 약하거든. 네 이야기를 했더니 완전히 감동했어. 모아두었던 돈에서 수험료를 꺼내주는 거야. 완전히 작전 성공이지."

료헤이의 두꺼운 눈썹이 위아래로 자연스럽게 움직였다.

"우리가 어린이라는 딱지를 떼기 위해서는 반드시 해야 해. 히로시도 그대로 놔두어선 안 되고. 우린 같은 6학년 1반이잖아."

"료헤이……."

레온은 료헤이의 마음씀씀이에 감동해서 코끝이 찡해졌다.

아침 출근길의 사람들 틈에서 둘은 나란히 역의 계단을 올라갔다. 레온의 마음에는 더 이상 망설임 같은 것은 없었다.

시험장에 들어서자 레온과 료헤이는 이리저리 기웃거리며 히로시를 찾았다. 다른 애들보다 머리 하나 정도 더 키가 큰 료헤이는 이럴 때 편했다.

"레온, 저기 있다!"

같이 온 부모와 떨어져서 번호순으로 선 줄의 가장 뒤쪽을 가리키며 료헤이가 소리쳤다. 까치발을 한 레온의 눈에 마른 몸의 히로시가 들어왔다.

레온은 히로시를 향해 돌진했다. 뒤쪽에서 제지하는 담당 직원의 목소리가 들렸다. 하지만 레온은 주저하지 않았다. 레온의 눈에는 히로시의 머리 외에는 아무 것도 보이지 않았다. 료헤이도 뒤를 따랐다. 반듯하게 늘어서 있던 줄이 좌우로 크게 흐트러졌다.

"히로시!"

레온의 목소리에 뒤를 돌아본 히로시는 입을 반쯤 벌리고 있었다. 레온은 힘껏 점프를 해서 히로시에게 뛰어들었다.

시험장은 아수라장이 되었다. 레온과 히로시와 료헤이는 웅성대는 사람들의 한 가운데 있었다. 담당 직원이 말리려고 했지만 사람들의 벽을 뚫지 못하고 있었다.

"히로시, 각오해!"

레온의 오른쪽 주먹이 히로시의 뺨에 날아들었다. 퍽, 하는 소리가 나고 히로시의 몸이 오른쪽으로 크게 휘청거렸다. 주위에서 사람들이 파도처럼 술렁거렸다.

히로시의 입술이 터지고, 새하얀 셔츠에 피가 튀었다.

"미안해."

히로시는 얻어맞은 뺨을 문지르면서 기어 들어가는 소리로 레온에게 말했다.

레온과 료헤이는 담당 직원에게 끌려 밖으로 나갔다.

회의실로 끌려가 많은 어른들에 둘러싸인 채 한참동안 야단을 맞았지만 레온과 료헤이는 아무 말도 귀에 들어오지 않았다. 속이 후련한 정도로 상쾌한 기분에 푹 빠져 있었다.

연락을 받고 나카가와 선생님이 부리나케 달려와 주었다.

선생님은 레온과 료헤이를 감싸며 계속 그곳 선생님들에게 머리를 숙였다. 시험도 치르지 않고 레온과 료헤이는 선생님에게 이끌려 뒷문으로 학교를 나왔다.

학교를 나와 한동안 말없이 걷다가 나카가와 선생님은 레온과 료헤이에게 웃으며 말했다.

"아, 허리 아파. 이렇게 많은 사람들한테 머리를 숙였던 적, 아마 머리털 나고 처음일 거야."

"선생님께는 너무 죄송해요."

레온이 말하자 료헤이도 죄송해요, 하고 따라 말했다.

둘은 걸음을 멈추고 선생님에게 정중하게 고개를 숙였다.

"됐어. 너희들이 성장하기 위해서 우리들 교사가 필요한 거니까. 이제야 내가 진짜 선생님 같은걸."

나카가와 선생님은 레온와 료헤이의 어깨에 손을 얹으며 웃었다.

"히로시가 말했어요. '레온에게 맞고 나니까 마음이 홀가분하다'고. 무섭게 화를 내는 히로시 엄마에게도 '잘못한 건 나야' 하고 막 소리쳤어요."

"드디어 해냈구나, 레온."

료헤이와 레온은 오른손을 짝 마주쳤다.

"아무리 그래도 상당히 거친 결말이었어. 레온이 그렇게까지 하리라고는 생각하지 못했어."

선생님은 레온의 얼굴을 보며 말했다.

"그래도 제가 하긴 할 거라고 생각하셨잖아요, 선생님. 얼굴에 다 써 있어요."

나카가와 선생님은 당황해 하며 뺨에 손을 갖다댔다. 레온과 료헤이는 서로 마주보며 웃었다.

"녀석, 시험 괜찮을까? 갑자기 걱정되는걸."

료헤이가 미간을 찌푸리며 말했다. 선생님은 으 - 음 신음소리를 냈다.

"시험은 치게 되었지만 문제는 있을 거야. 학칙도 분위기도 엄한 사립이라서 조금 힘이 들겠지."

"하지만 문제를 해결했으니까 된 것 아니에요? 내가 그 학교 선생님이라면 지금의 그 녀석이 훨씬 마음에 들 거예요."

료헤이가 입을 내밀며 말하자 선생님은 고개를 끄덕이며 빙그레 웃었다.

"그래. 문제가 전혀 없는 것보다는 문제를 조금이라도 안고 있는 것이 제대로 성장하는 데 도움이 될지도 몰라. 아무튼 너희들의 그 배우고 깨닫는 힘은 정말이지 대단하다."

레온과 료헤이의 올바른 생각에 선생님은 마음이 흡족했다. 눈이 부시도록 환한 두 아이의 웃는 얼굴을 보니 말로 표현할 수 없을 정도로 기뻤다.

"레온, 나도 겨울 매미였던 것 같다."

"아니, 선생님. 선생님은 벌써 서른 살이잖아요. 여름 끝자락의 매미 아니에요?"

료헤이가 놀리듯이 말했다.

"야, 그렇게 말하면 어떡해. 앞으로 여름을 맞이할 매미 정도로는 해줘야지."

웃으며 말했지만 선생님의 눈은 진지했다.

"나이는 먹었어도 마음은 땅 속에서 오그라들어 있었던 것 같아. 지혜도 없이 나이만 먹는 건 무서운 거야."

선생님의 몸에 힘이 들어갔다. 자신의 행동이나 말에 늘 자신이 없어 보였던 선생님의 모습은 더 이상 찾아볼 수 없었다. 하늘을 덮고 있던 두터운 구름이 갑자기 빠른 속도로 흘러간다.

"레온, 료헤이, 건강하게 오래 살아라. 너희가 어떤 어른으로 성장할지 꼭 보고 싶다."

나카가와 선생님은 진지하게 말했다. 료헤이는 기운찬 목소리로 대답했다.

"선생님도 오래 사세요. 제가 농구 선수가 되면 선생님을 NBA 코트에 초대할 거거든요."

몇 걸음 앞서 걷고 있던 레온이 뒤돌아보았다.

두터운 구름 사이로 햇살이 쏟아지면서 레온의 몸을 감쌌다.

"레온……."

선생님은 숨을 죽였다.

순간, 레온이 사라지는 듯한 기분이 들었다.

"훌륭한 어른이 되라."

불안을 떨치듯이 선생님은 힘을 주어 말했다.

나카가와 선생님은 레온과 료헤이를 양쪽 팔로 안았다. 키득대며 웃는 두 아이가 너무 사랑스러워 눈물이 날 정도였다.

여름에

뜨는

별

레온의 패스

"유키! 기다려!"

교문을 빠져나오려던 유키는 걸음을 멈추고 소리가 나는 쪽으로 고개를 돌렸다. 6학년이 되었어도 유키의 얼굴에는 아직 어린 티가 남아 있었다.

초여름의 햇살이 유리창에 반사되어 반짝반짝 눈이 부셨다.

유키는 이마에 양손을 대고 모리노키 초등학교 건물을 올려다보았다. 3층의 6학년 3반 교실에서 쓰카모토 마사히코가 크게 손을 흔들고 있었다.

"어, 마사히코잖아."

유키는 작은 소리로 중얼거리며 오른손을 크게 흔들

었다.

"늦지 마. 다섯 시까지 우리 집에 와야 해."

교실 창가에서 몸을 내밀며 마사히코는 굵고 허스키한 목소리로 소리쳤다.

"알았어. 꼭 갈 테니까 기다려."

유키는 소리치더니 교문 아래로 이어지는 언덕길을 구르듯이 서둘러 뛰어갔다. 뛰면서 유키는 빙그레 웃었다. 시간은 아직 많이 있었지만 뛰어가지 않으면 안 될 정도로 마음이 들떴다.

"이렇게 기분 좋은 건 처음이야……."

중얼대는 유키의 등에서 책가방이 좌우로 크게 흔들렸다. 6월의 축축한 바람을 가르며 유키는 달렸다. 웃음이 뚝뚝 떨어질 정도로 행복한 기분이었다.

도토리 공원 입구에서 유키는 달리는 속도를 늦췄다. 통통 공 튀기는 소리가 났다. 유키는 고개를 빼고 공원 안을 보았다. 레온과 료헤이가 공원 구석에서 농구 연습을 하고 있었다.

"레온 형, 료헤이 형. 농구 시합 이겼어?"

유키는 뛰어가면서 소리쳤다. 료헤이와 레온이 속해 있는 중학교 농구부는 전국 대회를 목표로 지구 예선전을 치르고 있었다. 2학년이 된 료헤이와 레온은 팀의 주요 멤버로 활약하고 있었다.

"당연하지. 슈퍼스타 레온이 있는데 질 리 있니?"

료헤이가 팔로 땀을 닦으면서 웃었다.

"굉장하다. 레온 형, 슛 몇 개 들어갔어?"

유키가 눈을 반짝거리면서 레온을 보았다.

"료헤이가 패스를 잘해줘서 꽤 많이 넣었어."

"점프력이 있으니까 레온이라면 덩크 슛도 잘할 수 있을 거야."

료헤이가 말하자 레온은 갈색 머리카락을 흔들면서 웃었다.

"레온 형, 덩크 슛도 할 수 있어?"

레온은 웃으면서 유키의 얼굴을 들여다보았다.

"유키 군, 기분이 꽤 좋아 보이시네요. 무슨 일인가요?"

유키는 씩 웃으며 말했다.

"있잖아, 마사히코가 요코하마 베이스타즈 응원하러 같이 가재. 그래서 오늘 다섯 시에 반 친구들과 같이 경기장에 가기로 했어."

유키가 신이 나서 말했다.

"유키, 야구 좋아하니?"

료헤이가 의외라는 듯이 말했다.

베이스타즈는 요코하마가 본거지인 프로야구팀이었다. 올해는 성적이 좋아서 페넌트 레이스 상위를 달리고 있다.

"잘 됐다, 친구가 같이 가자고 해서."

"응, 정말 좋아. 난 친구랑 어디 같이 간 적 없잖아. 마사히토는 소년 야구단이라서 친구들이 무척 많아. 나한테 같이 가자고 해서 깜짝 놀랐어."

료헤이가 공원 입구의 자동판매기에서 캔 주스와 스포츠 음료를 사왔다. 유키는 료헤이가 준 차가운 주스 캔을 양손으로 감쌌다. 세 사람은 나란히 벤치에 앉았다.

"이런 데서 주스 마시면 혼날 거야, 엄마한테."

유키는 주위를 살피듯이 둘러보면서 조심스럽게 캔을 입에 갖다댔다. 레온은 그런 유키를 가만히 보고 있었다.

"엄마가 야구장, 가지 말라고 하면 어떻게 할 거야?"

캔을 따면서 레온이 물었다.

"가고 싶다고 조를 거야."

"그래도 안 된다고 하면?"

"꼭 가고 싶다고 하면 엄마도 허락해 줄 거야."

유키는 불안한 얼굴로 레온을 보았다.

"유키 군은 이 정도로 경기를 보러 가고 싶습니다."

농담으로 놀리는 듯이 레온이 말했다. 유키는 웃지 않았다. 진지한 얼굴로 땀이 송골송골 맺힌 콧등을 비볐다.

"형이 여기서 기다려 줄게. 엄마한테 가서 네 생각을 말하고 와. 안 된다고 하든, 된다고 하든 이리로 와, 기다릴 테니까."

레온이 말했다. 유키는 고개를 끄덕이고 집 쪽으로 뛰어갔다. 작아지는 유키의 등을 보면서 레온은 한숨을 휴우 하고 크게 쉬었다.

"저 녀석, 계속 친구가 없었어. 오늘은 어떻게 해서든 보내주고 싶어."

"너희 엄마, 좀 무서워."

료헤이는 말하고 나서 음료수를 벌컥벌컥 단숨에 들이켰다.

"초등학교 때 난리쳤잖아. 부속중학교에 가서."

레온이 빙그레 웃으며 말했다. 료헤이는 고개를 응응 하며 끄덕였다,

"그거 정말 재미있었어. 벌써 2년 전이야."

"실패했다고 생각했을 거야, 나에 대해서. 그래서 엄마는 유키에게 더욱 엄해졌어."

레온은 인상을 찌푸리며 말했다.

"부모가 너무 관심을 가져도 부담스럽지."

료헤이는 왼손에 힘을 주어 알루미늄캔을 찌그러뜨렸다.

"자신에게 자신감이 없기 때문에 자식에 대해서 더 그런 거라고 생각해. 자신감이 있다면 사람을 좀더 너그러운 눈으로 볼 수 있지 않을까? 기타노 아줌마처럼."

"그래. 완벽한 디펜스는 상대의 움직임을 읽으면서 부드럽게 자신을 반응시키는 거야. 너무 뻣뻣하면 움직임도 어색해지고 부상을 당하게 돼."

료헤이는 납득했다는 듯이 고개를 위아래로 끄덕였다.

"어른과 아이들의 관계도 그런 느낌이 들어. 할 수 있다면 뛰어난 상대와 많은 시합을 해보고 싶어."

쓸쓸한 표정으로 레온은 웃었다.

공을 오른손으로 빙글빙글 돌리면서 료헤이는 말했다.

"상대가 뛰어나면 그만큼 이쪽도 실력을 쌓아야 해. 그러고 보니 기타노 아줌마, 한동안 못 만났어. 나카가와 선생님은 다른 학교로 가 버렸고."

레온과 료헤이의 마음은 순간 초등학교 6학년 겨울로 돌아갔다.

"지금은 유키가 겨울 매미야."

료헤이는 유키가 사라진 공원 입구를 보며 말했다. 바람이 쏴 나뭇잎을 흔들며 지나간다.

"땅 속에서 나오는 것은 자기 힘으로 해야 해. 나오면, 그때는 힘이 되어 주고 싶어."

그렇게 말하고 레온은 크게 기지개를 켰다.

벤치 뒤에 있는 소귀나무 가지에서 작고 빨간 열매가 떨어졌다. 데구루루 소리를 내며 벤치 위를 굴러갔다.

내 말을 들어줘요

"엄마, 엄마!"

유키는 허둥지둥 현관에 신발을 벗어 던지고 그대로 엄마에게 뛰어갔다. 얼굴 하나 가득 웃음을 지으며 말했다.

"엄마, 있잖아. 마사히코가 요코하마 스타디움 티켓을 구했대. 오늘 베이스타즈 시합이 있거든. 나도 데리고 가 준대."

엄마는 패치워크 헝겊조각을 거실 테이블에 펼쳐놓고 있었다. 유키는 가방을 멘 채 엄마 앞에 털썩 주저앉았다. 엄마는 눈길도 주지 않고 말했다.

"마사히코라니, 너희 반의 쓰카모토 마사히코 말이야?"

응응, 하고 유키는 크게 고개를 끄덕였다. 엄마는 흐음 하더니 마음에 들지 않는다는 듯이 입을 내밀며 말했다.

"일단 아빠한테 물어보자. 근데, 언제니, 그게?"

화장기 없는 얼굴로 엄마가 말했다.

"오늘 저녁. 다섯 시에 마사히코 집에 모이기로 했어. 마사히코 엄마랑 같이 지하철로 갈 거야."

흥분한 목소리로 유키는 말했다. 말이 리듬을 타는 것처럼 들떠 있었다. 엄마는 빨간색으로 프린트된 헝겊조각을 집어 들면서 힐끗 유키를 보았다.

"오늘은 안 돼, 아빠한테 물어봐야 한댔잖아."

"그러니까 엄마한테 말하는 거잖아."

"너 오늘 학원 가야지. 중학교 입시를 준비하는 애가 그런 쓸데없는 데 신경 쓸 겨를 있어?"

유키의 얼굴에서 웃음이 사라졌다. 환하게 웃음 지었던 뺨이 찬물을 뒤집어쓴 것처럼 굳어졌다.

"사립 중학교 시험 보기 싫어. 형처럼 공립 중학교 갈 거야."

"레온 형은 어딜 가든 제 앞가림을 잘 하니까 괜찮지만, 너는 무르기 때문에 엄격한 환경이 필요해. 그리고 아빠가 졸업한 학교에 가겠다고 한 건 유키 너였어. 결심한 것은 끝까지……."

유키는 엄마의 말을 가로막았다.

"그건 내가 아주 어렸을 때 한 말이잖아. 언제 했는지도 기억 안 나."

"엄마는 정확히 기억 해. 자기가 한 말에는 책임을 져야지. 아무튼 오늘은 안 돼. 아빠도 절대 허락하지 않을 거야."

그렇게 잘라 말하고 엄마는 테이블에 펼쳐놓은 헝겊조각을 정리하기 시작했다.

엄마는 늘 '아빠가 허락하지 않아' 하고 말한다. 하지만 아빠는 엄마 말대로 한다는 것을 유키도 어렴풋이 깨닫고 있었다. 유키의 마음은 순간적으로 숨을 막는 열기처럼 뜨거워졌다.

"친구랑 같이 가고 싶어. 학원은 쉴 거야. 응? 엄마, 꼭 가고 싶어."

엄마는 평소와 달리 졸라대는 유키를 보고 놀란 듯이 눈을 동그랗게 떴다.

"아빠한테 혼날 것 각오해."

아빠의 커다란 손으로 한 대 맞으면 눈에서 불이 날 만큼 아프다. 유키는 침을 꿀꺽 삼켰다. 눈을 부릅뜨고 엄마를 보며 말했다.

"아빠한테는 학원에 간 걸로 하면 되잖아."

들고 있던 헝겊을 테이블에 탁 놓더니 엄마는 유키를 노려보았다.

"누가 그런 짓 가르쳤어, 응? 어디서 배웠어?"

유키는 고개를 숙이고 입술을 깨물었다.

"벌써 마사히코랑 약속했단 말이야."

"지킬 수 없는 약속을 한 게 잘못이지. 그리고 마사히코랑은 가까이 지내지 않는 게 좋아. 친구는 골라 사귀어야지."

"왜? 마사히코는 진짜 좋은 아인데."

"엄마는 그 애 싫어."

유키는 입술을 깨물며 엄마를 노려보았다.

"엄마는 마사히코에 대해서 아무 것도 모르면서, 왜 싫다는 거야."

작은 소리로 중얼거리듯이 유키는 말했다.

"안 되는 건 안 돼!"

엄마는 크게 소리를 질렀다. 유키의 마음은 후끈거리는 무엇으로 뜨거워졌다. 유키는 고개를 똑바로 들고 엄마를 보았다.

"난 이제 열두 살이야. 그런데 무엇이든지 아빠랑 엄마한테 물어봐야 한다고, 창피해서 친구들한테 어떻게 말해?"

"우리 집은 우리 집 나름의 방식이 있는 거야. 중요한 일은 가족이 이야기해서 결정해. 자기 멋대로 하는 건 절대 용서 못해."

"이야기는 무슨 이야기! 엄마가 명령하면 그것으로 끝이잖아!"

"그렇게 가고 싶으면 가면 되잖아. 엄마는 모르니까."

냉정하게 말하고 엄마는 자리에서 일어나 부엌으로 갔다.

"엄마한테는 어떻든 상관없는 일이지만 나한테는 친구와의 약속이 중요해."

왜 이해를 못해줄까, 하고 유키는 작은 소리로 중얼거렸다. 등을 돌린 엄마의 귀에는 들리지 않을 만큼 작은 혼잣말이었다.

"유키, 너 그렇게 꾸물대다가는 학원에 늦는다. 얼른 준비해."

요란하게 냉장고 문을 닫으면서 엄마는 말했다. 유키의 마음은 엄마에게 조금도 전해지지 않는다.

'어떻게 해야 하지? 마사히코한테 뭐라고 말해……'

유키는 흐르는 눈물을 닦으면서 마사히코의 웃는 얼굴을 생각했다. 콧물을 훌쩍거리면서 유키는 천천히 일어나 학원에 갈 준비를 시작했다.

학원으로 가기 전에 유키는 도토리 공원을 들렀다.
"어떻게 됐어?"
걱정스러운 듯이 레온이 물었다. 유키는 고개를 좌우로 가로 저었다. 아직 눈이 빨갛다.
"그래서 너 학원에 가기로 한 거야?"
레온이 묻자 유키는 입을 실룩대며 울 것 같은 얼굴로 대답했다.
"엄마가 안 된대……"
"그럼 학원에 가. 하지만 앞으로 친구들이 너랑 약속 같은 거 절대 하지 않을 거야."
강한 어투로 레온이 말하자 유키는 눈물을 글썽였다. 천천히 눈을 깜빡거리며 유키는 레온을 보았다.
"형, 나 어떻게 해?"
"어떻게 해야 하는지 너 스스로 생각해."
레온은 부드러운 눈빛으로 유키를 쳐다보았다. 레온의

말에 유키는 고개를 숙이고 생각했다. 그리고 얼굴을 들었다.

"형, 나 마사히코랑 경기장에 갈래. 엄마한테 혼나도 좋아. 약속, 지킬 거야."

"그래! 바로 그거야."

잠자코 듣고 있던 료헤이가 유키의 어깨를 탁 치며 말했다.

"형, 미안하지만 이것 갖고 가줄래?"

유키는 참고서가 든 가방을 레온에게 건네주었다. 유키의 얼굴이 갑자기 환해졌다.

"조심해서 갔다 와."

레온은 부드럽게 말하고 주머니에서 돈을 꺼내어 유키의 손에 쥐어주었다. 깡충깡충 뛰듯이 가벼운 발걸음으로 유키는 신이 나서 뛰어갔다.

"잘 됐어. 유키, 제 힘으로 땅 속에서 나왔어."

유키를 지켜보면서 료헤이가 말했다.

"이제 지켜줘야 해. 나, 오늘은 연습에 못 갈 것 같아. 집에서 유키를 기다려줄래. 히카루한테 그렇게 말해줘."

레온과 료헤이는 히카루의 권유로 일주일에 한 번 레인보우즈라는 농구 클럽에서 운동하고 있었다. 요코하마를 근거로 하는 레인보우즈는 국적이나 남녀, 나이를 가리지 않고 농구를 좋아하는 사람들이 모여 운동을 한다. 히카루 엄마가 사무를 비롯해 전체를 운영해주고 있는 장애인 농구팀과 시합을 하면서 상당히 수준 높은 경기를 즐기고 있었다. 오늘밤은 레인보우즈의 연습이 있는 날이었다.

"알았어. 네가 안 가면 히카루가 실망하겠지만."

레온은 웃으면서 료헤이의 손에서 공을 빼앗아 뛰어갔다. 료헤이가 뒤따라간다. 서쪽 하늘을 눈부시게 물들이는 저녁놀을 배경으로 레온이 크게 점프를 했다. 골대로 정했던 소귀나무의 가지에 레온의 긴 팔이 닿았다.

"나이스 슛!"

료헤이의 목소리가 저녁놀이 지는 도토리 공원에 울려 퍼졌다.

멀어진 마음

엄마는 유키가 학원에 갔다고 믿고 있었다. 유키가 돌아올 때까지 어떻게 해서든 엄마의 기분을 건드리지 말자고 레온은 생각했다.

"유키 말이야, 아무래도 수학에 자신이 없는 것 같아. 네가 좀 봐줄래?"

"알았어요."

생선 튀김을 먹으면서 레온은 짧게 대답했다. 싫다는 대답이 나오지 않은 것에 엄마는 흡족한 표정을 지었다.

"다음 주에 모의고사가 있는데 도대체 집중을 못해. 오늘도 반 애랑 야구 구경 가겠다고 말하지 뭐니."

엄마는 튀김 하나를 손가락으로 집어 입에 넣고 차를

마셨다.

"야구 구경을 가고 싶다면 가게 하면 되잖아. 유키, 친구가 없어서 늘 외로워하는 것 같던데."

아무렇지도 않게 레온이 말했다. 엄마는 고개를 옆으로 돌리고 못 들은 척하고 있다.

"아빠, 오늘도 늦게 오시려나."

벽에 걸린 시계를 올려다보면서 엄마는 화제를 바꿨다.

"요즘 매일같이 늦어. 얘, 혹시 아빠가 무슨 말 안 하던?"

"아니, 뭐 딱히."

"밖에서 무얼 하는 거야. 어쩐지 자꾸만 안 좋은 기분이 들어."

미간을 찌푸리며 엄마가 말했다. 레온은 얼른 밥을 삼키고 말했다.

"걱정되면 아빠한테 직접 물어보지, 왜 안 물어요?"

엄마는 그대로 시선을 떨어뜨리고 레온의 말을 흘려듣는다. 듣고 싶지 않은 말을 못 들은 척하는 것은 엄마의 특기였다.

"슬슬 할머니한테 전화해야 할 시간이다. 요즘에는 증조할머니 병간호하는 이야기만 해서 아주 지긋지긋해.

그래도 내가 들어줘야지 하는 수 없지, 뭐."

혼잣말 같이 중얼대는 엄마의 이야기는 한동안 계속 될 것 같았다. 레온은 밥그릇을 싱크대에 놓고 엄마에게 물었다.

"오늘 아침 신문은 어디 있어요?"

엄마는 일어나 거실에서 신문을 갖고 왔다.

"아무도 안 봤어?"

신문을 받아들고 레온이 말했다. 아침 신문에는 전단지들이 그대로 끼여 있었다.

엄마는 그릇들을 식기 세척기에 넣으면서 말했다.

"바빠서 읽을 틈이 없었어. 마당 정리도 해야 했고 시간이 없었어. 잡초가 너무 많아서 손을 대지 않을 수가 있어야지. 마당 손질도 너무 힘들어.

엄마의 이야기는 자기 세계로 빠져든다. 이것도 늘 있는 엄마의 정해진 패턴이었다.

네네, 하고 레온은 고개를 끄덕이면서 신문을 폈다. 부동산 회사의 전단지가 레온의 눈에 띄었다.

"구조도 지도도 우리 집하고 똑같네. 어? 이거 우리 집이잖아."

레온은 전단지를 오른손에 들고 엄마를 보았다.

"엄마, 우리 집을 판다고 나왔어."

불안한 목소리로 레온이 말했다. 엄마는 식기 세척기의 스위치를 켜고 레온이 들고 있는 전단지를 들여다보았다.

"말도 안 돼. 그럴 리 없어."

처음에는 웃었던 엄마의 얼굴이 점점 굳어졌다. 엄마는 레온의 손에서 낚아채듯이 전단지를 뺏어 들었다.

"이게 어떻게 된 거야, 도대체 무슨 일이야."

전단지를 뚫어지게 보던 엄마의 얼굴이 창백해졌다.

현관문이 열리는 소리와 함께 아빠가 들어오는 기척이 났다. 엄마는 눈썹을 치켜 올리며 오른손에 전단지를 움켜쥐고 현관으로 뛰어나갔다.

레온도 엄마 뒤를 따라갔다.

"어떻게 된 거야! 무슨 짓을 한 거야!"

언성을 높이며 엄마는 아빠의 가슴에 달려들었다. 아빠는 고개를 숙이고 엄마가 퍼붓는 말을 그대로 듣고 있었다. 엄마가 흔드는 대로 이리저리 흔들리는 아빠의 마른 몸은 저항할 힘도 없는 것 같았다. 레온이 엄마의 팔을 붙잡았다.

"그만해요, 엄마. 진정해."

아빠와 엄마는 거실로 들어와 의자에 앉았다.

엄마는 무서운 눈으로 아빠를 노려보았다.

레온은 아빠의 지친 모습에 마음이 아팠다. 옷차림에는 누구보다도 신경 쓰는 아빠인데 헝클어진 머리에 넥타이도 제멋대로 풀어져 있었다.

요즘 아빠는 너무 바빠서 회사에서 밤을 샐 때도 있었고, 아침 일찍 출근하고 밤늦게 집에 돌아왔기 때문에 레온과 얼굴을 마주하지도 못했다.

오랜만에 보는 아빠의 모습에 레온은 할 말이 없었다. 아빠의 볼은 쏙 들어가고 눈 밑이 까맣게 그늘져 있었다.

아빠는 양손으로 얼굴을 감쌌다. 그러더니 어깨를 크게 들썩이며 소리 내어 울었다.

"대체 무슨 일이야! 얼른 말해!"

화가 나고 초조한 엄마의 목소리가 떨렸다.

"회사가 망했어. 이 집은 이제 더 이상 우리 집이 아냐."

아빠는 바지 주머니에서 쭈글쭈글해진 손수건을 꺼내 눈물을 닦았다.

"아리사와 건설은 망했어. 아버지와 형과 내가 어떻게든 막아보려고 했지만 할 수 없었어. 다들 불황이라서 도저히 손 쓸 방법이 없었어."

축 처진 아빠의 어깨가 흔들린다. 아빠는 울고 있다.

레온은 마치 텔레비전의 드라마를 보는 것 같았다. 뉴스에서 경제 불황이다, 회사의 도산이다 하는 말은 들었지만 남의 나라 이야기처럼 느꼈다. 신문과 텔레비전에서 보도되는 일이 우리 집에서 일어나리라곤 생각하지도 못했다.

"아버님과 형님은 회장과 사장이잖아. 회사를 위해서 재산을 내놓는 것은 당연하지만, 우리는 관계없지 않아? 왜 집을 내놔야 하는 거야. 당신한테 그럴 책임은 없잖아."

엄마가 앙칼진 목소리로 말했다. 아빠는 고개를 들어 엄마를 보았다. 무서운 눈초리로 엄마를 노려보았다.

"이 집은 아버지가 사 주신 거야. 돈 어려운 줄 모르고 생활할 수 있었던 것도 아버지가 도와주셨기 때문이야. 어려울 때 힘이 되어주고 싶은 게 당연한 것 아냐?"

"당연하긴 뭐가 당연해. 당신은 한 집안의 가장이야. 무슨 일이 있어도 지켜야 하는 것은 우리 집안 아냐? 이런 때까지 아버님과 어머님의 착한 아들일 필요는 없잖아. 당신은 아들이기보다 아이들의 아버지라는 것을 먼저 생각해야 해."

레온은 귀를 막았다. 그리고 소리를 질렀다.
"그만해, 엄마. 아빠도 할아버지도 힘들 거야."
아빠는 놀란 듯이 눈을 크게 뜨고 레온을 보더니 빙그레 웃어 보였다.
"내일부터 어떻게 할 거야. 유키의 입시도 다가오는데. 이후를 생각하고 일을 처리하는 걸 거 아냐. 사람 좋은 것도 어느 정도지, 이제 어떡하면 좋아."
엄마의 입에서는 쉴 새 없이 아빠를 원망하는 말들이 튀어나왔다. 아빠의 얼굴이 창백해졌다. 갈라진 목소리로 아빠는 신음소리를 내듯이 말했다.
"그만 해. 당신한테는 아주 질렸어. 나가, 더 이상 얼굴도 보기 싫어……."
아빠는 소파에 기댄 채 눈을 감았다. 생각지도 못했던 아빠의 역습에 엄마는 한동안 눈도 깜박거리지 않고 어이없다는 표정을 짓고 있었다.

흥분해서 얼굴이 빨개진 유키가 돌아온 것은 그로부터 얼마 후였다. 평소보다 두 시간이나 늦게 돌아온 유키에게 당연히 엄마의 호통이 떨어졌을 텐데, 엄마는 유키의 늦은 귀가에 신경 쓸 겨를이 없었다. 흐트러진 머리로 집안을 청소하고 짐을 꾸리기 시작했다.

아빠와 엄마의 멀어진 마음을 눈으로 보고, 유키는 소리 내어 울었다. 레온은 어쩔 줄 몰라 하는 동생 유키를 달래며 서 있었다.

밤하늘의 별을 보며

밤늦게 아빠가 레온의 방으로 왔다.

"아까는 고마웠다, 레온."

아빠의 눈 주위가 빨갛다.

"아빠 혼자 힘드셨죠? 우린 아무 것도 몰랐어요."

레온은 아빠를 위로하듯이 조용히 말했다.

"할아버지와 할머니는? 내가 할 일은 없어요?"

레온을 바라보는 아빠의 눈에 눈물이 고였다. 콧물을 훌쩍인다.

"우리 레온이 다 컸구나. 아빠는 네가 힘들어할 때 아무 것도 해준 게 없는데."

아빠는 티슈로 코를 풀었다.

"큰아버지와 상의해서 할아버지와 할머니에게는 큰 부담이 가지 않게 했다. 그렇게 하다 보니 이 집을 내놓을 수밖에 없었어. 엄마한테 말하면 화냈을 거야."

"엄마가 화를 내도 말해주면 좋았을 텐데. 신문 전단지를 보고 알았으니 충격이 클 거예요."

아빠는 다시 콧물을 훌쩍거렸다.

"나도 놀랐어요. 어쩐지 슬펐어. 이게 가족인가 하고. 큰 힘은 되지 못하겠지만 그래도 지친 아빠의 어깨를 주무르는 정도는 나랑 유키도 할 수 있어요."

레온은 초롱초롱한 눈으로 아빠를 쳐다보았다. 아빠의 마음이 크게 흔들렸다.

"아빠가 늘 말했잖아요. 풍파가 일지 않는 조용한 가정이 좋다고. 나도 유키도 참으면서 지켜왔는데 결국 이건가 하고 화가 났어. 이 집에서는 중요한 것이 아무런 대화도 없이 끝나 버렸어요. 크게 흔들리지 않으면 좋았을 텐데. 조용한 가정? 에이 씨, 그게 다 뭐야."

레온은 험악한 말을 작은 소리로 말했다.

열어놓은 창을 통해 축축한 바람이 흘러 들어온다. 아빠는 일어나서 창가로 가 등을 기댔다.

"네가 성장하고 있을 때 아빠는 무얼 했을까. 아까운 시간을 낭비했어. 너와 유키랑 제대로 대화를 나눴다면 아빠의 삶도 좀더 충실해졌을 거야."

아빠의 창백한 뺨에 눈물이 흘렀다.

"사실을 말하면, 엄마와는 헤어지는 수밖에 없다고 생각했어. 이런 저런 정리가 끝나면 엄마가 너희들을 데리고 외가로 갈 거야."

고개를 빼고 아빠는 하늘을 올려다보았다.

여름 밤 하늘에 북두칠성이 나란히 빛나고 있었다.

"레온, 아빠에게 1년 동안 시간을 주지 않겠니? 아빠, 그 동안 노력해볼게."

캄캄한 하늘을 향해 아빠는 양팔을 높이 들고 크게 심호흡을 했다.

"이제야 힘이 나는 것 같아. 이젠 끝이다, 싶었는데 잘못 생각했어. 나에게는 너희가 있어. 같이 할 수 있는 좋은 기회라는 생각이 들어. 아빠, 정말 열심히 노력할 거야."

고개를 돌려 레온을 보는 아빠의 얼굴이 환하게 웃고 있었다.

"그때까지 엄마와 유키를 부탁한다. 다음에는 우리 뭐

든지 털어놓고 상의하는, 그런 집안을 만들자."

레온은 아빠 옆으로 가서 같이 밤하늘을 올려다보았다. 어느새 레온의 키가 아빠와 비슷해졌다.

"아빠가 모르는 사이에 이렇게 컸구나."

아빠는 그렇게 말하며 레온의 어깨를 감쌌다.

"어, 직녀별인 베가다. 저기, 아주 밝게 빛나는 거, 저거……."

아빠와 레온은 별의 이름을 맞췄다. 마음이 차분해졌다. 레온이 밝은 소리로 말했다.

"요코하마를 떠나는 건 서운하지만 하는 수 없지, 뭐. 딱 1년이니까. 고등학교는 다시 이곳에서 다닐 거예요. 아르바이트 할 수 있는 고등학교로 진학할래요."

"그래, 약속하마. 그리고 또 하나. 피곤한 아빠의 어깨도 주물러 주는 거 잊지 말아라."

레온과 아빠는 서로 마주보며 웃었다. 아빠와 마음이 통한 것 같아 레온은 너무 기뻤다.

의자에 앉은 아빠의 어깨에 손을 대자 손가락이 들어가지 않을 정도로 어깨의 근육이 단단히 뭉쳐 있었다.

나이보다 훨씬 젊게 보였던 아빠였는데 어느새 흰머리

가 눈에 띄게 늙어 버렸다.

"아, 시원하다. 오늘밤은 푹 잘 수 있을 것 같아."

레온은 어깨를 주무르는 손에 힘을 주었다.

눈
내리는
아침

엄마가 태어난 곳에서

후텁지근한 날이었다.

바람이 불지 않는 더운 여름날 아침, 레온과 유키는 요코하마를 떠났다.

아빠와 엄마의 마음은 여전히 먼 채였다. 그래도 아빠는 약속했다.

"레온, 꼭 1년이야. 아마 엄마도 이해해줄 거야."

아빠는 기차역 플랫폼까지 배웅해주었다. 아빠는 레온과 유키의 손을 잡고 슬픈 얼굴로 말했다.

"아빠를 잊지 마라. 꼭 요코하마에 돌아오는 거야."

"기운 내세요, 아빠. 고작 1년인데 뭐."

마음이 여린 아빠를 레온과 유키가 오히려 위로했다.

엄마는 한마디도 하지 않았고 아빠에게 한번도 눈길을 주지 않았다.

료헤이와 히카루도 기차역까지 나와 주었다.

"네가 가면 패스할 상대가 없어서 따분할 거야. 하지만 딱 1년이니까. 요코하마 기타 고등학교 농구부를 목표로 열심히 공부하자."

농구 명문인 학교에 함께 입학하기로 레온과 료헤이는 약속했다.

"편지 쓸게."

히카루는 눈물을 글썽거리며 말했다.

"응, 나도 쓸게."

발차 벨이 울리고 레온은 승강구로 올라갔다.

"레온······."

히카루의 목소리에 레온이 뒤돌아보았다.

"나 잊으면 안 돼."

작은 소리로 히카루가 말했다. 레온은 빙그레 웃으며 고개를 끄덕였다.

기차가 달리기 시작했어도 레온은 한동안 문 앞에 서 있었다. 유리창에 비친 히카루의 얼굴이 아직 남아 있는 것 같아서 살짝 손가락으로 만져보았다.

기차를 갈아타고 엄마의 고향에 도착했다.

역에 내리자 뜨겁게 햇볕이 내리쬐었다. 사람이 없는 역 앞 광장의 검은 아스팔트에서는 아지랑이처럼 열기가 오르고 있다.

"우와, 요코하마보다 훨씬 덥다."

땀으로 젖은 유키의 이마에 머리카락이 찰싹 달아 붙어 있었다.

"여긴 분지라서 겨울엔 춥고 여름엔 더워. 별로 살기 좋은 곳이 아냐."

엄마는 고개를 돌려 마을 쪽을 보았다. 역에도 마을에도 인기척을 느낄 수 없었다. 넘쳐나는 사람들 속에서 생활해 온 레온과 유키는 너무 조용한 마을에 불안까지 느꼈다.

"엄마가 태어난 곳이고, 할머니랑 증조할머니도 계시는데, 난 여기 처음이야."

유키가 말하자 엄마는 그래, 하고 고개를 끄덕였다.

"여름방학이랑 겨울방학 때는 너희들 학원이다 뭐다 해서 바빴잖아. 그리고 엄마는 여길 별로 좋아하지 않아서 가능하면 오고 싶지 않았어."

레온은 놀라서 엄마를 보았다.

"왜? 외할머니랑은 매일 같이 전화하잖아. 엄마가 할머니 보고 싶어서 그런 건 줄 알았는데."

"만나보면 알아."

엄마는 눈썹을 위로 올리며 어이없다는 얼굴로 웃었다.

택시 창문에 이마를 대고 유키는 바깥 풍경을 보고 있었다. 마을 한가운데를 흐르는 커다란 강도, 강가의 짙푸른 나무들도 유키에게는 낯선 광경이었다.

"강, 진짜 크다. 앗, 낚시도 해. 뭐가 잡힐까?"

"이것저것 많지. 넌 낚시를 좋아하나 보구나."

택시 운전사 아저씨가 웃으며 유키에게 말을 걸었다.

"네, 좋아해요. 요코하마에 있는 우리 집에서는 바다가 가까워요. 그래서 제방에 가서 바다낚시를 했어요."

"호, 요코하마에서 왔니?"

엄마가 유키의 팔을 툭 치면서, 너무 떠들지 마, 하고 눈짓을 주었다. 유키는 불만스러운 듯이 입을 삐죽 내밀고 옆을 보았다.

"방학이라서 아이들 데리고 오셨나 봐요."

"아, 네네."

엄마는 애매하게 웃으면서 말했다.

"좁은 동네라서 금방 소문 나. 자기가 하지 않은 것까지도 책임지게 된단 말이야. 그러니까 덮어놓고 쓸데없는 소리하지 마."

택시에서 내린 뒤 아직 입을 내밀고 있는 유키에게 엄마가 타이르듯이 말했다. 엄마는 이곳에서 그다지 좋은 추억이 없는 것 같았다.

오래 되고 넓은 집에 할머니는 증조할머니와 둘이서 살고 있었다. 여든 살인 증조할머니는 병으로 줄곧 방에만 누워 있었다.

썰렁한 공기가 증조할머니의 방을 채우고 있었다. 레온과 유키는 증조할머니의 머리맡에 앉아서 인사를 했다.

"죽은 증조할아버지를 많이 닮았구나."

증조할머니는 레온의 얼굴을 가만히 보면서 빙그레 웃었다.

"미오, 이 아이들은 절대 울리지 마라."

엄한 눈빛으로 엄마를 보며 증조할머니가 말했다. 엄마는 고개를 숙이고 작은 소리로 '네.' 하고 대답했다.

할머니는 엄마 옆에서 떨어지려 하지 않았다.

"얘, 어멈아, 저녁밥 어떻게 할까?"

"할머니가 말도 안 되는 소리로 사람을 못살게 구는데, 내 말 좀 들어봐라."

할머니는 마치 엄마의 어린애가 된 것 같았다. 혼자 지고 있던 무거운 짐을 엄마에게 건네며 할머니는 기뻐하는 것 같았다. 들뜬 얼굴로 좀처럼 엄마에게서 떨어지지 않았다.

오랜만에 돌아온 집에서 엄마는 편히 쉴 겨를도 없이 바쁘게 몸을 놀렸다.

"늙으면 어린애가 된다니까. 아, 숨 막혀."

엄마는 한숨을 크게 쉬며 말했다.

레온과 유키는 자전거를 타고 시내를 한 바퀴 돌았다.

일주일 정도 지나자 길을 잃지 않고 이곳저곳에 갈 수 있게 되었다. 옛날에 지어진 집들이 그대로 남아 있는 곳도 꽤 많았다.

"형, 죠시 공원에 가보자."

둘은 공원 가는 길을 자전거로 달렸다. 벚나무가 늘어선 가로수 길을 빠져나가 다리를 건넜다.

그곳은 예전 성이 있던 자리로 커다란 성벽이 남아 있었다. 성벽 꼭대기까지 올라가면 시내를 한 눈에 볼 수 있었다.

"이 녹나무 진짜 크다. 몇 년 정도 된 걸까? 형, 우리 손을 잡아서 재보자."

레온과 유키는 손을 잡고 두꺼운 나무 주위를 돌았다.

울퉁불퉁한 나무의 감촉이 팔에 전해진다. 마음이 편해지는 그런 느낌이었다.

나무 밑동에 커다란 구멍이 생긴 오래 된 벚나무를 발견하고 유키가 소리쳤다.

"구멍이 있어. 어떻게 된 거지?"

유키의 말에 가까이 있던 남자아이가 다가왔다.

"벼락 맞아서 그래. 이 근처 나무는 자주 그래."

"벼락이 나무에 떨어져?"

유키가 눈을 동그랗게 뜨며 놀라자 남자아이는 어이없다는 얼굴이었다.

"아무 것도 모르잖아. 너, 몇 학년이야?"

"6학년."

"나도 6학년. 어느 학교야?"

"요코하마에서 전학 왔어. 시로우치 초등학교."

남자아이의 눈이 호기심으로 반짝거렸다. 짧게 자른 머리를 흔들며 말했다.

"나도 시로우치야. 몇 반인데?"

"아직 몰라, 며칠 전에 왔거든."

"요코하마에 우리 사촌도 살고 있는데, 알아?"

"몰라. 요코하마에 삼백삼십만 명이나 살고 있는데, 어떻게 아니?"

유키가 가슴을 펴고 말했다. 남자아이는 콧방귀를 흥 끼더니 하얀 셔츠 소매를 끌어 이마의 땀을 닦았다.

"뭐 됐어. 벼락 얘기 더 해줄까? 그거 굉장하다, 번쩍 하고 번개가 치고."

"거기까지는 나도 본 적 있어."

유키가 말하자 남자아이는 턱을 들고 흐음 했다. 유키의 말을 완전히 믿지 않는 듯한 태도였다.

"삐삐 하며 광선 같은 것이 나무 꼭대기를 직격하는 거야. 그럼 요란한 소리가 나면서 순식간에 나무에 불이 붙어."

"와, 대단하다. 보고 싶어."

둘의 대화를 들으면서 레온은 소리 내어 웃었다.

이곳에 와서 유키는 눈에 띄게 달라졌다. 엄마는 증조할머니의 병간호와 집안 일로 레온과 유키에게 신경을 덜 쓰게 되었다. 중학교 입시 공부도 학원도 엄마는 새까맣게 잊어버린 것처럼 한마디도 꺼내지 않았다. 태도와 말, 사귀는 친구에 대해서까지 잔소리가 많았던 엄마의 간섭에서 유키는 완전히 해방되었다. 유키의 마음은 아주 편하고, 잔잔해졌다.

"네 이름은 뭐야?"

"아리사와 유키. 너는?"

"도카 다쓰노신."

"야, 이름 되게 거창하다."

"우리 할아버지가 지어서 그래. 그보다 너……."

"그냥 유키라고 불러."

"그래, 유키. 농구, 할래? 난 농구부 주장인데 부원이 모자라서 고민이야. 내일 연습이니까 데리러 갈게."

"야, 난 아직 전학 수속만 했을 뿐, 아이들도 몰라. 무리야."

"괜찮아. 어차피 이젠 시로우치의 유키잖아. 여기서 만난 것도 운명이야."

"형, 웃지 말고 뭐라 말 좀 해줘."

유키는 다쓰노신과 금방 친해졌다. 레온은 그런 둘을 보고 풋, 하고 웃었다. 유키도 눈물을 찔끔대며 웃었.

시원한 바람이 공원을 지나갔다.

레온은 풀 위에 앉아서 오백 년 된 노목에 등을 기댔다.

유키와 다쓰노신의 줄다리기는 계속되고 있었다. 때로는 소리 내어 웃으면서. 지쳐 있던 레온의 마음도 어느새 기운을 되찾고 있었다.

'어쩐지 일이 잘 풀릴 것 같아…….'

주위에 울리는 유키의 밝은 웃음소리를 들으면서 레온은 생각했다.

바람이 지나는 길

 아침 일찍부터 내리쬐는 햇볕에 숨을 쉬는 것조차 힘들었다.
 다쓰노신이 시로우치 초등학교 농구부에 들기로 한 유키를 데리러 왔다. 다쓰노신을 보고 유키는 노골적으로 싫은 표정을 지었다. 하얀 면으로 된 상하 체육복. 등에는 검은 매직으로 크게 '시로우치'라고 쓴 하얀 천을 실로 꿰매 달았다.
 "유키, 유니폼 없지? 내 것 중에서 작아져서 못 입는 것을 하나 갖고 왔어."
 다쓰노신이 유키에게 종이봉투를 내밀었다.
 "내가 꼭 이걸 입어야 해?"

"유니폼이야. 시로우치의 유키가 됐으니까 입어야지."

다쓰노신은 밝게 웃으며 말했다. 옷차림에 상당히 예민한 유키는 벌써부터 농구부에 가입한 것을 후회하고 있었다. 유명 상표의 로고가 그려져 있는 검은색 셔츠를 벗고 떨떠름한 얼굴로 다쓰노신이 물려준 체육복으로 갈아입었다. 거울을 보고 한숨을 내쉬는 유키를 레온은 웃으며 보고 있었다.

해바라기가 고개를 숙인 한 여름의 길로 유키와 다쓰노신이 걸어간다.

가만히 있어도 땀이 나는 더위다.

레온은 증조할머니 방으로 갔다.

"할머니, 덥지 않으세요?"

증조할머니는 넓은 방에 깔린 이불 위에서 가만히 누워 있었다.

"선풍기 틀까요?"

증조할머니는 레온 쪽으로 고개를 돌렸다. 오랫동안 병으로 누워 있어서 뼈가 드러날 정도로 야위었지만 할머니의 단정한 얼굴에서 의연한 품성을 느낄 수 있었다.

"괜찮다. 이 방은 바람의 길이라서 시원해."

문을 활짝 열어놓은 방과 복도를 통해 마당에서부터 희미한 바람이 지나간다.

"진짜다. 어떻게 이런 것까지 생각해서 지었을까? 이 집, 백 년은 됐죠, 할머니?"

레온이 감탄한 듯이 말하자 증조할머니의 야윈 얼굴로 빙그레 웃었다.

"백 년도 훨씬 전에 불에 타버렸는데, 그때 다시 지었다더구나."

"와, 대단하다. 아빠한테 말하면 관심을 가질 것 같아요."

"네 아빠는 잘 있니?"

"네, 전보다는요."

"네 엄마는 마음이 여려. 자기도 모르는 사이에 주위 사람들에게 상처를 주지. 이해해라."

레온은 의외라는 듯이 눈을 동그랗게 뜨고 할머니를 보았다.

"엄마는 강하다고 생각했는데요."

"다 허세야. 약해서 허세를 부리는 거다."

그렇게 말하더니 증조할머니는 쉰 목소리로 웃었다.

"상대가 자기 쪽으로 눈을 돌리면 겁이나 도망가 버리

지. 그런 여린 마음이 사람 하나를 죽였어."

증조할머니의 입에서 믿을 수 없는 말이 튀어나왔다. 네? 하고 레온이 놀라서 되묻자 증조할머니는 더 이상 아무 말도 하지 않았다.

잠시 입을 다물고 있다가 증조할머니가 말했다.

"레온. 너는 마음이 너그러운 아이라서 모든 걸 혼자 떠맡으려 하지. 네 아빠나 엄마의 고민까지 네가 떠안으려 하진 마라."

증조할머니는 부드러운 눈빛으로 레온을 바라보았다.

"레온, 마음에 바람의 길을 만들거라."

"바람의 길이요?"

레온이 되묻자 증조할머니는 빙그레 웃으며 말했다.

"좀 더 마음을 편히 해. 사람에게는 때로 자기 식대로 생각하고 행동하는 것도 필요해요. 레온 넌 아직 열네 살이야. 좀 더 자유롭게 행동하거라."

증조할머니에게 레온은 마음을 들킨 것 같았다.

레온은 아빠와 엄마의 문제까지 걱정하며 혼자서 애를 썼던 것 같은 기분이 든다. 아빠를 격려하고, 엄마를 위로하고, 유키의 힘이 되어주고 싶었다.

'그래, 할머니의 말대로 숨이 막힐 것 같았어……. 좀

더 여유를 갖자.'

산들산들 살갗을 스치는 바람이 느껴졌다. 단단히 조여 있었던 마음의 고삐가 서서히 풀려진다. 레온은 증조할머니에게 웃어 보이며 크게 고개를 끄덕였다.

"올해는 매미가 요란하게 우는구나. 땅 속에서 나오니 기쁜 가 보다."

마당의 나무에서 매미가 일제히 울어대자 증조할머니는 조용히 눈을 감았다.

점심때가 되자 유키는 풀이 죽어서 집으로 돌아왔다.

"슛이 한 개도 안 들어갔어. 난 역시 운동에는 소질이 없나 봐."

책상에 앉아서 책을 읽고 있던 레온의 등에 대고 유키가 말했다.

"첫날부터 슛이 잘 들어가면 어떡해. 농구를 만만히 봐서는 안 돼."

"그야 그렇지만. 그래도 억울해. 전부 아웃이야. 어떻게 하면 형처럼 잘할 수 있어?"

레온은 의자를 빙그르르 돌려 앉아서 유키를 보았다.

좋아, 따라와, 하고 레온은 유키를 마당으로 데리고 갔다. 오갈피나무가 담처럼 둘러 심어진 마당 구석에 농구대로 쓸 만한 감나무가 있었다.

레온은 광에서 못 쓰는 망을 찾아들고 나와 감나무 가지에 걸었다. 즉석에서 농구대가 만들어졌다.

"자, 됐다. 유키 네 슛을 보여줄래?"

유키는 있는 힘껏 공을 머리 뒤로 넘겨 몸을 꺾듯이 해 탄력을 붙였다. 유키의 손을 떠난 공은 요란한 소리를 내며 감나무 밑동에 떨어졌다.

"공은 손가락을 넓게 해 잡는 것이 좋아. 공의 위치는 머리 높이, 손목이 얼굴의 높이가 되게 해야 해. 다리는 벌리고."

레온은 유키의 손을 잡고 기본 자세를 가르쳐주었다. 공은 포물선을 그리며 나무에 바운드하면서 골대에 들어갔다. 유키는 깡충깡충 뛰면서 손뼉을 쳤다.

"들어갔다! 형, 들어갔어."

유키는 뒤돌아보며 신이 나서 소리쳤다.

"잘했어. 그 자세를 꼭 기억해 둬."

자세가 안정되자 슛도 조금씩 좋아졌다. 유키의 얼굴은 더위와 흥분으로 빨갛게 되었다.

"레온 형, 나도 가르쳐줘요, 부탁이야."

어느새 다쓰노신이 레온의 뒤에 서 있었다. 구릿빛으로 그을린 얼굴로 진지하게 레온을 보았다. 다쓰노신은 모자를 벗고 정중하게 인사를 했다.

"그건 좋은데 너희 팀에도 코치가 있을 것 아냐. 괜찮겠어?"

"우리 형이 레온 형하고 똑같은 중학교 2학년이야. 코치를 맡아줄 사람이 없어서 형이 하고 있는데, 영 아니야. 검도라면 전국대회에서 우승할 정도로 실력이 있지만 농구는 완전 풋내기거든."

유키를 힐끗 보고 다쓰노신이 말했다.

"운동 신경이라고는 전혀 없는 유키가 정확히 슛을 넣다니 대단해. 형의 코치는 최고야. 내 자세도 좀 봐줘, 형."

레온을 바라보는 다쓰노신의 눈이 반짝거렸다. 레온은 웃으면서 다쓰노신에게 공을 건넸다. 다쓰노신은 신중하게 목표를 향해 공을 던졌다. 공은 작은 호를 그리면서 골대 바로 앞에서 떨어졌다. 유키가 킥킥 하고 웃었다.

"팔꿈치가 바깥쪽으로 너무 돌았어. 오른발은 반걸음 정도 앞으로 내는 것이 균형을 잡기 쉬워."

레온의 조언을 다쓰노신은 바로 이해했다. 슛이 들어가

는 확률이 급속도로 높아졌다. 유키와 다쓰노신은 서로 경쟁하듯이 공을 던졌다.

"자, 여기까지 하자. 둘 다 땀을 닦지 않으면 감기에 걸려."

유키와 다쓰노신은 샤워를 한 것처럼 온몸이 땀으로 흠뻑 젖어 있었다.

수건으로 땀을 닦은 후 진지한 얼굴로 다쓰노신이 말했다.

"레온 형, 우리의 코치를 맡아 줘요. 시로우치는 시내에서도 가장 어설픈 농구팀이야. 우린 한 번도 게임에 이긴 적이 없어. 늘 큰 점수 차로 져서 억울하고 분해. 부탁이야. 나한테 가르쳐 줬던 것, 다른 부원들에게도 가르쳐 줘, 형."

"하지만 네 형이 있잖아. 코치는 한 명이면 족해."

다쓰노신의 열의에 레온은 거절할 구실을 찾기 어려웠다.

"우리 형이 부탁하면 들어줄 거야? 그럼 좀 기다려, 형."

레온이 채 대답하기 전에 다쓰노신은 담에 기대어 둔 자전거에 올라탔다. 바람처럼 사라지는 다쓰노신을 유키는 눈을 동그랗게 뜨고 지켜보았다.

"낚시하러 가기로 해놓고선, 쟤는 농구 이야기만 나오면 정신을 못 차린다니까. 형, 다쓰노신 저런 것 꼭 료헤이 형하고 똑같지 않아?"

"그런가? 저 애를 보고 있으면 왠지 친근감이 들어. 그래, 료헤이랑 비슷해."

"그렇지? 그치?"

유키는 유쾌하게 웃었다. 레온은 료헤이가 보고 싶어졌다. 히카루도 만나고 싶었다.

"어떻게 지낼까, 다들."

"형은 요코하마에 돌아가고 싶어? 난 말이야, 지금의 엄마가 훨씬 좋아. 요코하마에 있을 때는 엄마가 진짜 싫었거든."

그때를 생각하는 듯 눈을 가늘게 뜨고 유키는 말했다. 레온은 아무 말 없이 유키의 젖은 머리를 쓰다듬었다.

다쓰노신은 필사적으로 자전거 페달을 밟았다.

집에 도착하자 현관 앞에 그대로 자전거를 내던지고 안으로 뛰어 들어갔다. 신발을 신은 채 무릎을 꿇고 마룻바닥을 기었다. 반질반질하게 윤을 낸 바닥에 땀이 뚝뚝 떨어졌다.

"엄마, 형 어디 있어?"

다쓰노신이 큰 소리로 부르자 부엌 쪽에서 엄마의 느긋한 목소리가 들렸다.

"겐노스케라면 도장에 있을 거야."

다쓰노신은 그대로 방향을 바꿔 현관으로 나갔다. 별채의 검도장으로 뛰어갔다.

시청에 근무했던 할아버지가 퇴직 후 연 검도장이었다. 겐노스케와 다쓰노신은 할아버지의 제1호 문하생이 되었다. 겐노스케는 초등학교 5학년 때 전국 소년검도대회에서 우승을 했다. 하지만 다쓰노신은 검도에 흥미가 없었다. 어떻게 해서든 이유를 달아서 연습을 빼먹었다.

"끈기가 없어서 그래. 다시 단련해야 해, 거기 앉아!"

할아버지는 화를 내며 다쓰노신을 죽도로 때려눕혔다. 아무리 야단을 쳐도 다쓰노신은 천연덕스럽게 검도 연습을 빼먹었다. 할아버지는 결국 두 손 두 발 다 들고 다쓰노신에게 검도 가르치는 것을 포기했다.

도장 안을 들여다보니 겐노스케가 자세 연습을 하고 있었다.

"형!"

다쓰노신의 소리에 겐노스케가 뒤돌아보았다.

"연습 그만해도 되는 것 아냐? 잠깐 나랑 같이 가."

"너, 낚시하러 가지 않았어?"

"그만 뒀어. 지금 낚시가 문제가 아냐. 빨리 나와, 같이 갈 곳이 있어."

마음씨 착한 겐노스케는 억지 부리는 다쓰노신의 부탁을 한 번도 거절하지 못했다. 생글거리면서 다쓰노신이 말하는 대로 움직인다.

"진짜 끝내주는 형을 만났어. 내 농구 스승이야. 그 형의 말을 듣고 나 완전히 실력이 업그레이드 됐어."

과장된 다쓰노신의 말에 겐노스케는 고개를 옆으로 돌리고 풋, 하고 웃었다.

"웃을 일이 아냐, 형. 시로우치 팀이 올해는 우승도 할 수 있다고."

"알았어, 알았어. 그 사람한테 내가 코치를 부탁하러 가면 되는 거지?"

"빨라서 좋네. 나이가 들수록 더 똑똑해진단 말이야."

미워할 수 없는 동생에게 겐노스케는 가볍게 꿀밤을 먹였다.

자전거로 나란히 달리면서 다쓰노신은 흥분한 어투로

성터에서 만난 두 형제에 대해 이야기를 했다. 요코하마에서 전학 왔고, 외갓집에 살고 있다는 것. 형인 레온은 농구의 천재라는 것. 늘 동생을 배려하고 지켜준다는 것. 동생인 유키는 시로우치 농구부 부원이 된, 지기 싫어하고 툭 하면 눈물을 흘리는 울보지만 마음만은 그만인 녀석이라는 것…….

겐노스케에게 다쓰노신의 흥분이 그대로 전해졌다. 이야기를 듣기만 해도 레온에게 우정을 느끼기 시작했다.

페달을 밟는 다리에 힘이 들어간다.

얼굴에 잔뜩 웃음을 띠고 둘은 자전거를 달렸다. 휘파람을 불면서 밝은 얼굴로 햇빛이 쏟아지는 길을 달렸다.

시간의 선물

여름 축제가 시작되는 날.

온 동네가 흥분으로 가득 찼다.

"오늘은 전야제고 내일이 축제, 그리고 그 다음날이 폐막제야."

할머니가 손가락을 꼽으며 레온과 유키에게 가르쳐주었다.

"햇볕은 쨍쨍 내리쬐고, 논이 쩍쩍 갈라져서 역병이 돌고 사람들이 많이 죽었지. 영주님이 기우제를 지낸 것이 이 축제의 시작이야."

유키는 맞장구를 치면서 이야기를 듣고 있었다.

"떠들썩하게 피리와 큰북으로 하늘의 신의 주의를 끄

는 거지."

할머니는 휙휙 부채를 흔들어 초밥을 식혔다. 식초 냄새가 코끝을 찌른다.

"유키는 내일 축제 때 수레를 끌기로 했니?"

할머니가 유키에게 물었다. 축제날에 대열을 지어 큰 거리를 걷는 수레 끌기는 초등학생을 중심으로 이루어진다. 다쓰노신은 유키에게 수레 끌기에 같이 참여하자고 했다.

"어떻게 할까 생각 중이에요. 날도 더운데 많이 걸을 거 아냐. 힘도 들고. 그리고 줄에 끌려가 넘어지기도 한대요. 다치면 나만 손해잖아."

할머니는 어이없다는 듯이 눈을 동그랗게 떴다.

"힘들면 집에 와서 자면 되고, 넘어지면 다시 일어나면 되고, 다치면 약 바르면 되지. 애써 찾아온 기회를 네 발로 차버릴 거냐? 역사라는 것은 너희가 이어가지 않으면 끊어지는 거야. 같이 축제에 참여하고 오너라. 지쳐서 돌아와, 미끄러져 상처를 입고서 말이야."

힘을 주어 그렇게 말하고 할머니는 컵에 든 술을 벌컥 들이켰다. 술이 들어가자 할머니는 기분이 좋아지고 목소리도 커졌다.

"하지만 엄마는 힘들지 않게 하라고 늘 말한단 말이에요."

유키가 할머니의 등을 보며 말했다. 엄마는 쏴쏴, 물줄기를 크게 해놓고 야채를 씻고 있었다.

"네 엄마는 너무 고지식해서 그래. 적당히, 라는 것을 모르는 데에 바로 어린이로 있는 즐거움이 있다고 어떤 훌륭한 선생님이 말씀하셨다. 레온도 유키도 적당히 그 뭐냐, 그래 띵띵이치지 말고 지칠 때까지 실컷 뛰어 놀아라."

레온과 유키는 서로 얼굴을 마주보며 웃었다.

"할머니, 띵띵이가 아니라 땡땡이에요."

술로 뺨이 빨개진 할머니는 레온과 유키에게 환하게 웃어 보였다. 레온과 유키는 식용 국화의 보라색 꽃잎을 뗐다. 손가락에 꽃향기가 묻어난다. 식탁에 재료를 늘어놓고 엄마가 김밥을 말고 있었다. 유키는 김밥 하나를 집어 입에 넣었다.

"음~, 맛있어. 오늘 누가 와? 먹을 거 왜 이렇게 많이 해?"

유키가 김밥을 우물거리면서 할머니에게 물었다.

"축제 동안에는 집집마다 문을 열어 놓는단다. 사람들

이 오면 먹을 것을 내어 환영하지."

꽃잎을 떼던 손을 멈추고 레온이 눈을 동그랗게 떴다.

"축제에도 깊은 뜻이 있구나. 축제 때는 배고픈 사람들도 부담 없이 맛있는 음식을 배불리 먹을 수 있는 거야."

"역시 우리 레온은 다르구나. 네 말이 맞다. 서로 힘이 되어 주는 거지."

할머니는 떼어 낸 국화 꽃잎을 바구니에 담았다. 그러고 나서 신문지를 펴고 그 위에 콩 꼬투리를 부었다. 레온과 유키는 꼬투리를 따 콩을 그릇에 담았다. 할머니는 컵에 술을 부어 다시 한 모금 맛있게 들이켰다.

"나라면 문을 잠그고 아무도 못 들어오게 할 거야. 집 식구들도 배고픈데 가족을 지켜야지. 남한테 왜 줘, 내 자식 배부르게 먹이지."

다 만 김밥을 편평한 접시에 놓으면서 엄마가 말했다.

"넌 그게 탈이야. 그게 어디 가족을 지키는 게 되니? 좀 더 앞을 내다봐라. 만일 네게 무슨 일이 일어나면 아무도 도와주지 않을 거야."

엄마의 표정이 어두워졌다. 그리고 그 얼굴로 할머니를 보았다.

"아무리 세월이 달라졌다지만 살아가는 데 재산이 되

는 것은 돈이 아니다. 사람과의 정이야. 사람들과 정을 쌓고, 지역 일에 관심을 갖는 것이 중요해."

할머니가 휴우 – 한숨을 내쉬었다. 술 냄새가 확 풍겼다. 엄마는 미간을 찌푸리며 싫은 표정을 지었다.

"왜 그래, 엄마. 술 드신 할머니 보기 좋은데, 뭐. 좋은 술이니까 가끔은 드셔도 괜찮잖아."

레온이 웃으며 말했다. 할머니는 레온에게 윙크를 했다.

"대낮부터 술을 마시는 것도 축제니까 봐 주는 거지, 인간은 때를 가리는 것이 중요하다고 했어, 옛날에 선생님이."

잠자코 콩 꼬투리를 따고 있던 유키가 조용히 말했다.

"아무나 와도 대환영이라는 이야기, 좀 더 빨리 들었으면 좋았을걸. 그럼 아빠한테도 말했을 텐데."

엄마의 얼굴이 심각해졌다. 고개를 숙이고 엄마는 열 개째 김밥을 말기 시작했다.

오후가 되자 집집마다 문 앞에 축제를 알리는 등이 걸렸다. 레온은 엄마를 도와 대문에 등을 걸고 현관을 깨끗이 쓸었다. 할머니는 수레를 끄는 젊은이와 아이들에게 나눠줄 과자와 음료 준비에 정신이 없었다. 축제가 계속되는 동안 할머니에게는 집안의 주인으로서 큰 역할이 있었다. 평소와는 다른 얼굴로 엄마에게 척척 일을 시켰다.

"할머니, 유난히 힘이 넘치시는 것 같아."

레온이 말하자 엄마는 후후후 웃었다.

"평소엔 조는 것처럼 눈도 게슴츠레하고, 딴 말씀만 하시더니, 그치?"

엄마는 레온의 귀에 대고 속삭이듯이 말했다. 가을을 느끼게 하는 선뜻한 바람에 실려 큰북과 피리 소리가 들려온다.

할머니에게서 용돈을 받아 놀러나갔던 유키가 현관으로 뛰어 들어왔다.

"형! 형!"

소리치면서 유키는 숨을 헉헉 몰아쉬었다.

"무슨 일이야, 왜 그래?"

불안한 듯 인상을 찌푸리며 묻는 레온에게 유키는 싱긋 웃어 보였다.

"나 말이야, 큰길에서 아주 반가운 사람을 만났어. 누굴 것 같아?"

레온이 이상하다는 얼굴을 하자 유키는 안달이 난 듯 바닥을 탁 찼다.

"료헤이 형이야, 길에서 딱 만났다니까. 형, 료헤이 형,

빨리 와!"

료헤이가 커다란 몸을 구부리며 현관으로 들어왔다. 놀라서 숨을 죽이는 레온에게 료헤이는 씩 웃어 보였다.

"아빠 아는 분이 트럭 운송 일을 하서. 어젯밤 여기까지 온다고 하기에 무턱대고 올라탔지. 너 만나고 싶어서."

료헤이는 눈물을 글썽이며 말했다. 레온은 반가움과 기쁨으로 가슴이 벅찼다.

"정말 반갑다, 료헤이. 여기까지 오느라 힘들었지, 얼른 들어와."

"그래, 료헤이 형, 얼른 들어와."

레온이 료헤이의 팔을 잡아끌고, 유키가 뒤에서 등을 밀었다.

"엄마-, 료헤이 형이 왔어. 할머니! 요코하마에서 형 친구가 왔어요, 오늘부터 우리 집에 있다 갈 거예요."

부엌으로 뛰어가는 유키를 보고 료헤이는 눈을 동그랗게 떴다.

"유키, 완전히 달라졌더라. 처음에 몰라봤어."

"땅 속에서 나왔잖아. 매일 바쁘게 돌아다녀. 미니 료헤이하고."

"뭐? 미니 료헤이?"

의아한 표정으로 묻는 료헤이를 보고 레온은 크게 소리 내어 웃었다.

"나중에 소개할게. 너랑 아주 비슷한, 농구를 좋아하는 유키의 친구야."

"와-, 유키도 친구가 생겼어? 잘됐다. 나와 비슷하다니 아주 멋진 녀석일 거야."

료헤이는 하얀 이를 드러내며 환하게 웃었다.

땅거미가 지자 집집마다 일제히 축제를 알리는 등불을 밝혔다. 어두운 마을이 환해졌다. 겐노스케가 같은 반 친구인 기이치와 요시오, 가나, 미치코를 데리고 레온을 찾아왔다.

"네 이야기를 했더니 모두 만나고 싶다고 해서. 축제 같이 가자."

겐노스케가 웃으면서 친구들을 소개했다. 유카타^(기모노의 일종으로 주로 여름이나 목욕 후에 입는다)를 입은 가나가 웃으면서 말했다.

"하야시 가나야. 동생이 시로우치 초등학교 5학년인데, 농구부야."

레온은 시로우치 초등학교 농구부 멤버의 얼굴을 떠올렸다.

"아, 알았다. 하야시 유타. 그러고 보니 닮았어."

하얀 피부에 눈이 맑은 가나를 보면서 레온이 말했다. 그리고 료헤이를 돌아보았다.

"유타는 움직임이 빠르고 대범한 수비수야."

"유타가 코치 자랑을 어찌나 하던지 한번 만나고 싶었어."

가나가 말했다. 료헤이는 씩 웃으며 레온을 보았다.

"처음 듣는걸, 레온이 코치로 승격되었다는 건."

"유키가 농구부에 들었어. 말했잖아. 땅 속에서 나오면 힘이 되어줄 거라고."

당황해서 변명을 하는 레온을 료헤이는 웃으면서 바라보았다.

"난 오다 료헤이야. 레온과는 초등학교 때부터 친구야. 좋은 녀석이니까 잘 지내줬으면 해."

료헤이는 고개를 숙이며 인사를 했다.

"그래, 사이좋게 지내자."

가나와 미치코가 기대에 찬 눈으로 레온을 보았다. 레온이 웃으면서 고개를 끄덕이자 둘은 기쁜 듯이 서로 얼굴을 쳐다보며 웃었다.

마을 이곳저곳에서 피리며 북 소리가 들려왔다. 료헤이와 레온은 친구들의 뒤를 따라 걸으면서 넓은 도로를 꽉 메운 노점들을 두리번거렸다.

"진짜 축제 분위기가 난다. 히카루도 데리고 올걸."

료헤이가 레온을 보고 말했다.

"잘 있지, 히카루?"

"응. 그래도 너 있을 때만큼은 아니지. 외로워하는 것 같더라."

레온은 더욱 히카루가 보고 싶어졌다. 갑자기 가나가 레온의 손을 잡아끌었다.

"레온, 금붕어잡이(축제 때 하는 놀이로, 수조에 금붕어를 넣고 얇은 종이로 된 뜰채로 금붕어를 건져낸다) 하자."

상냥하게 웃는 가나를 료헤이가 살짝 째려보았다. 가나는 그런 료헤이를 보고도 꿈쩍도 하지 않는다.

"료헤이도 같이 할래?"

철사로 된 동그란 틀에 종이를 붙인 뜰채를 가나는 료헤이에게도 건네주었다. 겐노스케도 참가해서 모두 함께 금붕어잡이에 도전했다. 한 마리씩 건져낼 때마다 함성이 터졌다. 가장 많이 건져 올린 사람은 겐노스케였다.

"다음은 미니 낚싯대로 물 풍선 건져 올리기 하자. 내가 겐노스케를 이길 수 있는 것은 그것뿐이야."

금붕어가 달랑 한 마리 들어 있는 비닐 봉투를 억울하

다는 듯이 들어 보이며 기이치가 말했다.

"좋아, 하자."

겐노스케가 웃으면서 말했다. 모두 맘껏 축제를 즐기고 있었다.

"겐노스케!"

할아버지의 목소리가 들렸다. 겐노스케는 깜짝 놀라 뒤돌아보았다. 기이치와 요시오가 인상을 찌푸렸다.

"겐노스케, 축제라고 해서 너무 들떠서는 안 돼. 유서 있는 도카 집안의 장손이라는 것을 잊지 마라."

할아버지는 그렇게 말하더니 주위에 서 있던 기이치와 요시오를 쳐다보았다.

"기이치, 셔츠 단추를 제대로 채워라. 옷차림이 흐트러졌다는 것은 마음이 흐트러졌다는 증거다."

기이치는 허둥지둥 셔츠의 단추를 목까지 채웠다. 목이 두꺼워서 답답할 것 같았다.

"요시오, 바지를 제대로 올려 입어라. 칠칠치 못하게 그게 뭐냐."

요시오는 불만스러운 듯이 입을 내밀면서 바지를 허리까지 끌어올렸다. 할아버지는 만족한 듯 고개를 끄덕이더니 레온을 보았다.

"못 보던 얼굴이구나. 넌 어디 사는 불량 청소년이냐? 여자아이처럼 머리가 기다랗다니, 창피하지 않니? 중학생은 중학생다워야지."

레온과 료헤이는 서로 얼굴을 마주봤다. 겐노스케가 새빨개진 얼굴로 고개를 숙이고 있다.

"요즘 아이들은 대체 무슨 생각을 하는 건지 모르겠어. 우리 젊었을 때와는 달라도 너무 달라. 하나같이 얼빠진 녀석뿐이라서 대체 말이 되질 않아."

"전 불량 청소년이 아닙니다. 그렇게 말씀하지 마세요."

레온이 조용히 반론했다. 할아버지의 눈썹이 치켜 올라갔다.

"말대답 하지 마! 불량인지 아닌지는 척보면 안다. 내가 잘못 볼 리 없다. 말만 번지르르한 녀석 치고 올바른 정신을 가진 녀석이 없어. 너희는 그저 잠자코 어른의 말씀을 따르면 되는 거야."

료헤이가 껄껄대며 웃었다.

"할아버지 말도 안 되는 소리 마세요. 제대로 주장하는 것이 뭐가 나빠요? 레온이 불량하다는 건 할아버지의 착오예요. 아주 큰 착오요."

할아버지는 더욱 화가 나서 침을 탁 뱉었다.

"아니 이런 예의라곤 모르는 녀석 같으니. 부모 얼굴이 보고 싶구나. 겐노스케, 이런 녀석과 가까이 하지 마라. 어서 집으로 돌아가."

할아버지는 그렇게 말하더니 사람들 틈으로 사라졌다.

"미안해. 평소에는 한없이 다정하신 분인데, 축제에 와서 술을 하셔서 그래."

겐노스케는 레온과 료헤이에게 사과했다.

"와-, 요코하마 중학생, 대단한걸. 겐노스케 할아버지에게 눈을 똑바로 뜨고 말하다니 말이야. 존경할 만한 배짱이야."

기이치와 요시오가 흥분해서 말했다. 미치코와 가나가 합창을 한다.

"너무 멋져."

겐노스케에게 들으라는 듯이 말했다. 할아버지는 동네에서 가장 완고한 분으로 소문이 났다. 아이들의 인사나 옷차림에 대해 늘 잔소리를 늘어놓는다. 때로는 죽도로 맞는 아이도 있었다. 그래도 어른들은 감사해하며 할아버지를 존경했다.

"우리 엄마도 할아버지가 부모가 해야 할 소리를 해주

서서 감사하다고 하는데, 그렇지만 할아버지한테 야단맞고 상처받은 아이도 얼마나 많은데. 레오랑 료헤이의 말에 속이 다 시원하더라."

요시오는 바지를 골반까지 다시 내리면서 피식 웃었다. 그 옆에서 겐노스케는 이마에 손을 올리고 면목 없다는 얼굴을 하고 있다.

유키와 다쓰노신이 양손 가득 과자를 갖고 뛰어왔다.
"아, 얘가 미니 료헤이야. 겐노스케의 동생, 다쓰노신."
레온이 료헤이의 팔을 툭 쳤다. 료헤이가 다쓰노신을 보았다.
"그렇다면 아까 그 할아버지의 손자? 너도 맘고생 많겠구나."
다쓰노신이 무슨 소리인가 하는 얼굴로 료헤이를 올려다보았다.
"다쓰노신, 난 료헤이라고 해. 만나서 반갑다. 내일 농구 같이 할래? 레온과 이 료헤이의 베스트 콤비가 멋진 플레이를 보여 줄게."
"정말? 정말야? 야호!"
다쓰노신은 천진난만하게 제 자리에서 껑충껑충 뛰면

서 좋아했다.

"왠지 측은해 보인다."

료헤이는 다쓰노신이 마음에 쏙 들었다.

밤이 깊었는데도 밖은 대낮처럼 시끌벅적했다. 흥분으로 들뜬 공기가 늦은 밤까지 동네를 감싸고 있었다.

레온은 불을 껐다. 희미한 달빛이 창호지문을 통해 머리맡까지 길게 드리워졌다. 레온과 료헤이는 나란히 누워서 이야기를 하고 있었다.

"레온 너희 아버지 말이야, 히카루 엄마가 일하는 곳에서 같이 일하시는 것, 알고 있니?"

료헤이가 말했다. 레온이 고개를 끄덕였다. 히카루 엄마는 장애자가 일하는 지역 작업소 소장이다.

"아빠가 전화했어. 지역 작업소에서 일을 돕고 있다고."

"아저씬 완전히 달라졌어. 이전보다 굉장히 상냥해지신 것 같아. 히카루 엄마도 너희 아빠의 도움을 많이 받는다고 고맙다고 했어."

료헤이의 목소리가 레온의 귀에 부드럽게 전해졌다.

"아빠는 일로 꿈을 이루고 싶다고 했어. 담이 없는 집과

건물을 설계해서 짓고 싶대. 사람들이 기뻐하는 일을 하고 싶대."

레온의 목소리가 들떠 있었다. 한동안 만나지 못한 아빠의 활기 있는 얼굴이 눈에 선하다.

"나도 나중에 그런 일 하고 싶어."

료헤이가 부러운 듯이 말했다. 둘은 자신들의 미래를 생각하면서 한동안 아무 말 없이 벌레 울음소리를 듣고 있었다. 레온이 결심한 듯이 입을 열었다.

"료헤이, 나, 농구 그만둘 거야……."

료헤이의 반응을 확인하려는 듯이 레온은 말을 끊었.

"자신의 꿈을 찾은 아빠에게 부담을 주고 싶지 않아. 고등학교는 공립에 갈 거고, 입학하면 아르바이트를 하면서 대학 입학금을 모을 생각이야. 아빠의 꿈 이야기를 들으니까 갑자기 찾고 싶어졌어. 내가 할 수 있는 일을."

귀뚜라미 울음소리가 요란해졌다. 잠시 후에 료헤이가 말했다.

"네가 그렇게 말하니 반대 못하겠다. 나도 진지하게 생각해 볼게."

둘은 이야기를 나누면서 서로의 마음이 성장했다는 것을 느끼고 있었다.

"레온. 아저씨와 아줌마, 아직 그대로니? 예전으로 돌아가면 좋을 텐데."

"아빠와 엄마의 문제야. 그건 아빠, 엄마에게 맡기기로 했어."

레온이 그렇게 대답하자 료헤이가 베개에서 목을 들어 레온을 보았다.

"야, 너 너무 쌀쌀맞은 것 아냐?"

"응, 마음에 바람의 길을 만들어놓아서 그래."

"뭐야, 그게?"

"증조할머니가 그러셨어. 좀 더 자유로워지라고. 바람이 부는 대로 나를 맡겨보자, 하는 생각을 갖게 됐어. 내가 살고 싶은 대로 살아보자고. 인생을 사는 방법도 소중히 하게 됐고."

멀리서 희미하게 바람 소리가 들렸다. 료헤이는 다시 베게에 머리를 대고 누웠다.

"전처럼 가족이라는 형태를 소중히 생각하지 않는다는 것이 아니라……, 어렵다, 어떻게 말해야 하냐, 이걸."

레온은 료헤이에게 자신의 생각을 제대로 설명하기가 어려웠다. 달빛이 천장에 흘러가는 구름의 그림자를 만든다.

"아빠는 아빠가 살고 싶은 대로, 엄마는 엄마가 원하는 대로 살면 돼. 그래도 가족이니까, 서로 마음이 이어져 있으니까, 누군가가 필요하면 언제든지 도우러 갈 수 있어. 그런 관계가 되었으면 좋겠다고 생각해."

료헤이는 레온의 한 말을 속으로 되풀이하면서 눈을 감았다. 문 밖이 훤해지고 벌써 아침이 다가오고 있었다.

소중한 친구

"아리사와 레온, 너 머리 염색했니?"

2학기가 시작되는 날, 담임인 사카모토 레이코 선생님은 레온의 머리를 올려다보며 말했다. 나란히 복도를 걷는 사카모토 선생님의 키는 레온보다 머리 하나 정도 작았다.

"아뇨, 염색하지 않았어요. 원래 날 때부터 이런 색이에요."

레온은 오른손으로 가볍게 머리를 쓸어 올렸다.

"그래? 그럼 증명서, 부모님이나 집안 어른에게 써달라고 해서 갖고 오겠니?"

"네? 왜요?"

"교칙에 있어. 염색하는 거 금지거든."

사카모토 선생님은 과장되게 미간을 찌푸렸다.

"하지만, 전 염색한 게 아니니까 필요 없지 않아요?"

"그렇긴 한데. 그 색으로는 사람들이 오해할 거야. 차라리 검정색으로 염색하는 게 눈에 안 띄고 좋을 것 같은데. 그렇게 할래?"

납득할 수 없는 말이었다. 레온은 사카모토 선생님을 똑바로 쳐다보았다.

"염색하는 건 교칙 위반이잖아요."

"검정은 괜찮아."

2학년 B반의 교실 앞까지 오자 사카모토 선생님은 걸음을 멈췄다. 레온을 돌아보고 다시 한 번 확인하듯이 말했다.

"그렇지 않아도 넌 사람들 눈에 띄어. 머리 길이도 좀 더 짧은 게 좋겠다. 그것에 대해 말이 많은 사람도 있으니까 조심하는 게 좋아. 아무튼 교칙이니까 염색을 하든 자르든 어떻게 하는 게 좋을 거야."

사카모토 선생님은 으샤, 하며 교실 문을 열었다.

"자, 주목, 우리 반에 전학생이 왔다."

사카모토 선생님이 큰 소리로 말했다.

아이들의 시선이 일제히 레온에게 집중되었다. 가나와 미치코가 생긋 웃으며 V사인을 해 보였다. 겐노스케도 씩 웃어 보였다.

큰 키에 구불구불한 갈색 머리, 반듯한 얼굴 생김. 레온은 사카모토 선생님이 우려했던 것보다 훨씬 더 눈에 띄었다.

그 날, 소문을 듣고 다른 반 여학생과 3학년 여학생들까지 레온을 보러 2학년 B반 교실로 몰려들었다.

농구부 고문을 맡고 있는 다카하시 도루 선생님이 레온을 교무실로 불렀다.

"아리사와 레온. 너 농구부 가입 신청서 아직 안 냈어. 가나가와에서도 상당히 우수한 선수였잖아. 가을에는 시합도 많아서 빨리 같이 연습을 시작해야 하는데 꾸물대지 말고 얼른 신청서 내라."

다카하시 선생님은 당연히 레온이 농구부에 가입할 거라고 생각하고 있었다. 양손을 비비면서 기대에 찬 눈으로 레온을 올려다보았다.

"아, 그리고 그 머리, 짧은 스포츠형이 규칙이니까 오늘이라도 당장 이발소에 가서 잘라."

아무 문제도 없다는 듯이 다카하시 선생님은 말했다. 두발과 복장에 상당히 엄격한 학교라고 레온은 생각했다. 기분이 나빴다.

"저, 농구부에 들지 않을 겁니다."

레온은 단호하게 대답했다. 다카하시 선생님은 의자에서 미끄러져 넘어질 뻔했다.

"무슨 소리야, 왜 농구부에 안 들어온다는 거야!"

선생님은 레온이 크게 잘못이라도 저지른 것처럼 소리를 질렀다. 잠시 생각하는 듯이 고개를 갸웃거린 후 레온은 말했다.

"그리고 짧은 머리는 제게 어울리지 않아요."

레온이 농구부에 가입하지 않겠다는 이유로 머리 스타일을 든 것이 다카하시 선생님의 기분을 상하게 했다. 선생님은 떨떠름한 얼굴로 레온을 올려다본다.

"그런 것이 이유가 돼?"

선생님은 소리를 낮춰 차갑게 말하며 레온을 노려보았다.

아오조라 중학교 운동장은 주위가 산으로 둘러 싸여 있었다.

후지 산을 닮은 우아한 산과 칼끝처럼 뾰족한 산이 서로 마주보듯이 솟아 있다. 마치 동쪽과 서쪽 하늘을 배경으로 아름다움을 겨루는 듯했다.

레온은 자연의 아름다움에 놀라워 숨을 죽였다.

"난 스무 살이 될 때까지 이 주위의 산을 전부 오를 생각이야."

나란히 하나로 이어진 산맥을 보면서 겐노스케가 말했다.

"산 정상에 오르면 정말 기분 좋을 거야."

청년이 된 겐노스케의 모습을 상상하면서 레온이 말했다.

"약속하지 않을래? 같이 오르던가, 혼자서 산에 올랐을 경우에는 다른 한 사람에게 산에서 편지를 쓰기로."

레온은 풋 하고 웃었다. 겐노스케가 레온을 돌아보았다.

"왜, 이상해?"

"아니, 전혀……. 네가 그렇게 말해주니까 너무 기뻐. 지금까지는 일회성 우정이 많았어. 휴대전화를 하든, 인터넷을 하든, 자신을 숨기고 그 당시만 함께 하면 그만인, 그런 관계. 반이 바뀌면 모르는 척하는, 그런 불안정한 관계."

겐노스케가 고개를 끄덕이며 듣고 있다.

"그런데 겐노스케 너는 스무 살까지의 우정을 약속해 줬잖아. 순수한 자신으로 친구를 대할 수 있다는 게 너무 기뻐."

레온은 겐노스케의 솔직한 인간성에 호감을 가졌다. 처음 본 순간부터 서로 마음이 통한다는 것을 알았다.

"나, 같이 산을 오르자고 말할 수 있는 친구를 갖고 싶었어. 축제날 밤, 할아버지에게 당당하게 자기 생각을 말하는 너를 보고 대단한 녀석이라고 생각했어. 꼭 너와 친구가 되고 싶었지. 자, 이제 서로의 마음을 알았으니까, 약속하자."

흥분한 어투로 말하더니 겐노스케는 오른손을 내밀었다. 레온도 빙그레 웃으며 겐노스케의 오른손을 꽉 잡았다.

"우리 어느 산부터 오를까?"

레온의 말에, 성급하긴, 하면서 겐노스케가 웃었다. 둘은 풀밭에 앉아서 산들을 쳐다보았다.

태양에 닿을 듯이 높이 솟아 있는 산들. 그 앞을 천천히 구름이 지나간다.

시간의 흐름을 그대로 비추며 변화하는 산의 아름다움에 레온은 완전히 넋을 잃었다.

레온이 전학온 지 며칠이 지났다.

다행히 겐노스케와 기이치가 같은 반이라서 레온은 생각보다 빠르게 반 아이들과 친해졌다.

그 날, 점심시간이 되자 비가 내리기 시작했다.

레온이 점점 어두워지는 하늘을 올려다보고 있는데, 교실로 3학년 네 명이 다른 반 2학년 아이를 뒤에 데리고 교실 안으로 들어왔다. 2학년 B반의 농구부원이 허둥지둥 자리에서 일어났다.

"아리사와 레온, 나와."

얼굴이 네모난 3학년, 이시다 오사무가 위협하듯이 노려보며 말했다. 창가에 있던 레온은 소리가 나는 쪽으로 고개를 돌렸다. 오사무를 똑바로 쳐다봤다.

"네가 아리사와 레온이야? 농구부 고문 선생님께 엄청난 실례를 범한 것 같던데. 시골 학교 농구부에는 들고 싶지 않다, 이거야? 아무 것도 모르면서 너무 까부는 것 같은데, 좀 나와 봐. 예의라는 것이 얼마나 중요한 건지 가르쳐 주지."

오사무는 네모난 얼굴의 턱을 치켜들며 말했다. 교실에 있던 아이들은 오사무와 눈이 마주치지 않도록 하나같이 고개를 숙이고 있었다.

레온은 잠자코 따라갈 수밖에 없었다. 도망쳐봤자 소용없을 것 같았다.

3학년은 일어서 있던 2학년 B반의 농구부원에게 눈짓을 했다. 농구부원들에게 사방을 포위당한 레온은 말로 할 수 없는 불안과 공포로 위장이 조여지는 것처럼 아파 왔다.

레온은 이를 악 물었다. 몸이 떨리는 것을 필사적으로 참았다.

"농구부실에서 할까?"

"아냐, 거긴 좀 그래. 괜히 다른 사람의 눈에 띄기라도 하면 시합에 못 나갈 수 있어."

3학년 네 명이 이마를 맞대고 소곤거렸다.

꽉 깨문 레온의 이가 딱딱, 하는 소리를 내면서 떨리기 시작했다. 주먹을 쥔 손에 힘이 들어갔다.

농구부원들은 체육관 무대 옆에 있는 용구실로 레온을 밀어 넣었다. 둘둘 말린 매트와 뜀틀이 가지런히 정리되어 있다.

갑자기 누군가 뒤에서 발로 등을 찼다. 레온은 소리를 내며 매트 위에 쓰러졌다.

"2학년. 너희들이 먼저 해."

오사무가 말하자 2학년 남학생이 앞으로 나왔다.

"얼굴은 눈에 띄니까 하지 마. 이런 식으로 하는 거야."

오사무는 힘껏 레온의 명치를 발로 찼다.

"윽."

레온의 꽉 다문 입에서 신음소리가 흘러나왔다. 새우처럼 몸을 구부린다. 이번에는 누군가의 발이 등뼈를 찼다. 레온의 몸이 뒤로 꺾이며 펴진다. 쉴 새 없이 몸의 여기저기를 발로 차자 레온은 숨도 쉴 수 없었다. 고통으로 정신이 아득해졌다.

"아주 옛날에 니시 고등학교에서 자살 사건이 있었어."

"아-, 지금도 니시 고등학교에는 귀신이 나온다는 소문, 그거 말이야?"

"우리 엄마, 그때 재학생이었는데 자살한 여학생이 이 녀석의 엄마한테 왕따 당했대."

레온은 희미한 의식 속에서 듣고 있었다.

"야, 2학년 물 갖고 와!"

3학년이 소리쳤다.

네, 하는 대답과 함께 2학년이 양동이를 들고 뛰어왔다. 3학년이 레온의 창백한 얼굴에 물을 부었다. 괴로움에 레온은 숨이 막혀 눈을 떴다.

"의자 갖고 와."

턱으로 가리키며 오사무가 말하자 2학년이 재빠르게 의자를 찾으러 뛰어갔다.

고통으로 얼굴이 일그러진 레온을 3학년은 억지로 의자에 앉혔다.

"아리사와 레온, 정신이 드냐? 지금부터 시작이니까 마음 단단히 먹어."

그렇게 말하자 3학년, 우치다 쓰바사가 주머니에서 가위를 꺼내들었다.

"짧은 머리가 어울리는지 아닌지 한번 시험해 볼까?"

싹싹 소리를 내면서 가위는 레온의 머리를 거침없이 잘랐다. 부드러운 갈색 머리카락이 바닥에 떨어져 작은 산을 만들었다. 레온은 이미 저항할 힘도 없었다.

"뭐야, 아주 잘 어울리잖아. 걱정할 것 하나도 없었는데 괜히 오두방정을 떨었네."

쓰바사는 묘하게 들뜬 목소리로 말했다.

"아리사와 레온, 이제 농구 할 마음이 생겼나? 선생님의 부탁을 거절하면 안 되지."

오사무가 낮은 목소리로 레온의 귀에 대고 속삭였다.

멀리서 수업 시작을 알리는 벨소리가 들렸다.

"가자."

오사무의 한 마디에 그곳에 있던 농구부원들은 바람처럼 사라졌다.

긴장의 실이 끊어지고 레온은 바닥에 쓰러졌다. 온몸이 저리듯이 아파서 일어설 수도 없었다.

"레온!"

용구실의 문이 열리는 소리가 났다. 겐노스케와 기이치의 목소리. 레온은 살았다, 하고 작게 한숨을 내쉬었다.

"레온, 괜찮아? 선배한테 끌려갔다는 소리 듣고 걱정돼서 널 찾았어."

"나쁜 녀석들, 이런 짓을 하다니. 정신 차려, 레온."

더 이상 참지 못하고 레온의 눈에서 눈물이 흘렀다.

"양호 선생님한테 말해서 구급차 부를게."

기이치가 겐노스케한테 말했다.

"난 괜찮아……. 그보다 모자 좀 빌려줘. 이런 머리를 아이들에게 보이고 싶지 않아. 병원보다 이발소에 갈래."

레온이 말하자 기이치가 화를 내듯이 말했다.

"이런 때까지 폼 잡을 게 뭐 있어? 머리야 아무려면 어때."

레온은 힘없이 고개를 가로 저었다. 겐노스케가 밖으로

나가 어디선가 야구 모자를 하나 들고 돌아왔다. 그리고 보기 흉하게 잘라놓은 레온의 머리에 씌워 주었다.

"뭐야, 겐노스케 너까지. 이발소보다는 병원에 가야 해."

"레온은 엄마랑 할머니가 걱정할까 봐 그러는 거야. 이런 머리로 집에 갈 수 없잖아."

겐노스케의 뜨거운 눈물이 레온의 뺨에 떨어졌다. 기이치는 고개를 숙이고 입술을 깨물었다.

"분해. 녀석들 어떻게 할 수 없을까?"

체육관 지붕 위를 때리는 빗소리가 요란해졌다. 레온의 흐느끼는 소리는 빗소리에 묻혀버렸다.

다음날 아침, 머리를 짧게 자른 레온을 보고 사카모토 선생님이 말했다.

"어머, 깔끔하네. 그렇게 자르니까 눈에 안 띄고 훨씬 좋잖아."

겐노스케는 자기도 모르게 자리에서 벌떡 일어났다.

"좋긴 뭐가 좋아요. 선생님 어쩜 그렇게 무신경하세요? 다 알면서 모르는 척하는 건가요?"

사카모토 선생님의 얼굴이 새빨개졌다. 선생님은 겐노

스케의 시선을 피해 고개를 돌렸다.

"됐어. 그만 해."

레온이 겐노스케를 막았다. 반에는 3학년 선배의 말대로 움직였던 농부구원이 있다. 무슨 일이 있으면 곧바로 3학년의 귀에 들어갈 것이다. 레온은 겐노스케까지 말려들게 하고 싶지 않았다.

"수업 끝나고 농구부로 와."

같은 반의 농구부원이 레온의 귀에 대고 속삭였다.

"싫어."

레온은 무시했다.

"저항하면 점점 심하게 나올 거야. 말하는 대로 듣는 것이 좋아."

농구부원은 동정하는 듯한 눈빛으로 레온을 쳐다봤다.

농구부에 가면 주먹으로 맞고 발로 걸어차였다. 가지 않으면 기회를 노리고 있다가 무조건 끌고 갔다. 어느 쪽이든 마찬가지였다. 레온은 농구부 가입을 강요당했다. 다른 학교와 시합할 때 레온의 실력은 강한 전력이 되기 때문이다.

더 이상 거절하지 못하고 농구부에 가입한 레온의 몸은 며칠 후 온통 벌겋고 퍼런 멍으로 엉망이 되었다.

비틀거리면서 교실로 돌아온 레온을 사카모토 선생님이 불러 세웠다.

"레온, 왜 그러니? 괜찮아?"

찢어진 입술에서 피가 흐른다. 레온은 손등으로 피를 닦았다.

"어머나."

선생님은 손수건을 꺼내 레온에게 주었다.

"넌 너무 눈에 띄어. 가능하면 네 멋대로 하지 않는 게 좋아. 선생님한테 할 말 있니? 힘은 될 수 없을지 모르지만 이야기를 들어줄 수는 있어."

레온은 눈을 똑바로 뜨고 선생님을 쳐다봤다.

'선생님, 당신 눈에는 보이지 않나요? 눈앞에서 피를 흘리고 있는데 괜찮을 리가 없죠. 제 멋대로 하는 것은 내가 아니라 그 녀석들이에요. 힘이 되고 싶다면 처음부터 내 얘기를 들었어야죠. 상냥한 척하면서 그런 말 하지 마세요.'

"네가 말하지 않으면 담임으로서 나도 어떻게 할 수 없어, 말할래?"

"아뇨, 별로. 괜히 제가 이상한 말이라도 하면 어쩌나 하고 선생님 얼굴에 써 있는걸요."

사카모토 선생님은 레온에게서 시선을 돌렸다. 슬리퍼 끄는 소리를 내면서 도망치듯이 부리나케 사라졌다.

레온은 자포자기로 몸도 마음도 점점 거칠어져갔다. 걱정해주는 겐노스케조차 꼴도 보기 싫고, 말도 듣기 싫어졌다. 레온은 생각할 기력을 완전히 잃었다. 시간은 무섭게 빠른 속도로 흐르고 있었다.

슬픔의 소용돌이

등이 얼얼할 정도로 추운 겨울밤이었다.

유키는 레온의 부탁으로 마루에 있는 약 상자에서 살짝 파스를 꺼내왔다.

"형, 내가 붙여줄게."

레온은 잠자코 셔츠를 올렸다. 등이며 배며 하나같이 퍼렇게 멍이 들어 있었다. 유키는 놀라 숨을 죽였다. 눈물이 쏟아졌다.

'내가 가장 좋아하는 우리 형. 착하고, 마음 깊고, 강한 우리 형……. 형이 왜 이런 꼴을 당해야 하는 걸까?'

"왜 이렇게……."

분하고, 화가 나고, 눈물이 났다.

"녀석들 점점 이성을 잃고 있어."

결코 약한 소리를 하지 않았던 레온이 그 날 밤, 처음으로 유키에게 모든 것을 털어놓았다.

"형도 가만 있지 말고 녀석들을 혼내주면 되잖아."

울면서 유키가 말하자 레온은 슬픈 얼굴로 고개를 가로저었다.

"싸우는 거라면 낫지."

레온의 내쉬는 깊은 한숨이 어떻게 할 수 없는 안타까움을 말해주고 있었다.

"왕따는 싸움이 아냐. 상상력도 사고력도 없는, 마음을 잃은 녀석들이 상대야. 이게 나와 같은 인간일까, 하고 맞으면서도 그런 생각을 해."

"형을 싫어하니까 왕따 시키는 거 아냐?"

하기 어려운 말을 유키는 조용히 말했다.

"그건 중요한 이유가 아냐. 망가진 기계 같아. 그저 마구 힘을 휘두르지. 과연 감정이란 것이 있을까 싶어."

레온은 남의 일처럼 말하고 어두운 창밖을 내다보았다.

"미움이나 질투, 그런 것은 아니야, 분명. 감정도 없는 녀석들에게 진지하게 대하면 내 자존심만 상처 입을 뿐이야."

깊이 절망한 레온의 말에서 유키는 불안을 느꼈다.

"하지만 감정이 없으니까, 사람의 말이 통하지 않으니까 소름 끼칠 정도로 무서워."

창유리가 바람에 흔들렸다. 캄캄한 어둠 속을 요란한 소리를 내며 바람이 달린다.

유키는 주먹을 불끈 쥐었다. 베개를 무릎에 올리고 샌드백처럼 세게 쳤다. 갑자기 생각이 난 듯 얼굴을 들고 유키는 밝은 목소리로 말했다.

"선생님한테 말해. 분명 힘이 되어줄 거야. 그 녀석들 두 번 다시 주먹 못 쓰게 혼내 줄 거야. 나쁜 건 그 녀석들이니까."

레온은 창백한 얼굴로 씁쓸한 웃음을 지었다.

"선생님은 정의의 편이 아니라 강한 자의 편이야. 선생님도 무서워 떠는걸, 무리야, 그런 건. 나는 희생물이 된 건지도 몰라."

"그럴 리 없어. 형만 왜 이런 꼴을 당해야 하는 건지 모르겠어."

유키는 레온의 등에 파스를 붙이고 부드럽게 손으로 어루만져주었다.

"형, 내가 할 수 있는 게 없을까? 누구, 도와줄 사람 없을까? 나, 형을 위해서라면 뭐든지 할 거야. 아빠한테 전화할까?"

"됐어, 아빠도 지금 중요한 때니까. 좀 더 참아볼래. 약속했던 1년이 될 때까지……."

몸을 움직이자 온몸이 쑤시고 아팠다. 레온은 얼굴을 찌푸리며 신음소리를 냈다.

"형……."

힘이 되어주지 못하는 자신의 무력함이 유키는 원망스러웠다.

아침, 밖은 온통 새하얀 눈으로 뒤덮여 있었다.

"뼛속까지 춥다 싶더니 역시 눈이 왔어."

엄마가 어깨를 움츠리며 말했다.

"올해는 동장군이 일찍 찾아올 모양이다. 얘, 어멈아, 더 추워지기 전에 겨울 날 준비를 끝내야겠다. 어휴, 추워."

할머니는 밖에 쌓인 눈을 눈살을 찌푸리며 보고 있었다.

"레온. 증조할머니가 부르시니까 얼굴 보이고 와."

엄마의 말에 레온은 손목시계를 보았다.

"어쩌지? 시간이 없는데. 아침 연습에 늦으면 안 되거든."

유키는 걱정스러운 얼굴로 레온을 쳐다보았다.

"그래? 그럼 됐어. 유키도 오늘 일찍 가니?"

"응, 다쓰노신이 난리야. 8시까지 꼭 가야 해."

유키는 계속 레온을 쳐다보면서 말했다.

"다녀오겠습니다."

레온이 일어나자 유키도 얼른 따라 일어났다.

"나도 갈 거야. 큰길까지 같이 가, 형."

레온은 유키를 힐끔 보고 고개를 끄덕였다.

"아직도 눈 오니까 우산 갖고 가라. 이런 눈은 비로 바뀌기 쉬워서 옷 젖어. 장화 신고 가."

엄마는 현관의 신발장에서 검은 색 장화 두 개를 나란히 꺼냈다. 레온과 유키는 서로 얼굴을 마주보았다.

'난 됐어, 뛰어갈 거니까. 유키, 넌 신고 가.'

애써 엄마가 꺼내준 거니까 신으라고 레온의 눈이 말하고 있다. 유키는 하는 수 없이 장화에 발을 넣었다. 엄마는 만족스러운 듯 빙그레 웃었다.

큰길로 나오자 출근하는 어른들이 어깨를 움츠리고 빠른 걸음으로 걷고 있었다. 등교시간치고는 일러서인지 아이들의 모습은 보이지 않았다.

"형, 학교 안 가면 좋을 텐데. 가면 또 당할 것 아냐."

유키는 레온을 올려다보면서 말했다.

"안 가면 집으로 올 거야. 어차피 당할 게 뻔한데 도망치기 싫어."

우산을 쓰고 있어서 레온의 얼굴이 보이지 않았다. 갈라진 목소리에 힘이 없다.

"겐노스케 형은 도와주지 않아?"

"좋은 녀석이야, 휘말리게 하고 싶지 않아. 이런 일은 나 하나로 족해."

질척질척 녹기 시작한 눈이 장화 밑창 아래서 기분 나쁜 소리를 냈다.

잠시 멎었던 눈이 다시 흩뿌리기 시작했다.

"나, 간다. 유키, 너무 걱정 마. 일단 일이 생기면 강해지는 게 형이잖아."

레온은 오른팔을 올려 주먹을 불끈 쥐어 보였다.

터벅터벅 혼자서 학교로 가다보니 유키는 갑자기 슬퍼졌다.

잿빛 하늘에서는 쉴 새 없이 하얀 눈이 내리고 있다. 유키는 걸음을 멈추고 눈앞에 내리는 눈을 보았다. 바람에 날려 작은 소용돌이처럼 빙글빙글 돌며 날고 있다.

유키는 어깨를 움츠려 거북한 가방 끈을 다시 조정했다. 유키의 몸이 한결 커졌다. 어느새 유키도 어린이에서 소년으로 성장하고 있었다.

바람이 불 때마다 눈은 공중에서 여러 개의 작은 소용돌이를 만들었다. 유키는 손을 뻗어 그 중 하나를 부수뜨렸다.

'우리는 이 눈과 똑같아. 우리 주위에는 이런 식으로 작은 소용돌이가 있고, 그것이 빙글빙글 돌면서 우리를 집어삼키려 하는 것 같아. 아 -, 제발 우리 형을 집어삼키지 않도록 도와주세요.'

유키는 크게 숨을 들이마셨다. 차가운 공기가 유키의 몸 안으로 들어온다.

'내가 어른이라면 좋을 텐데……. 힘 있는 어른이라면 목숨을 걸고 우리 형을 지킬 텐데……'

울음이 터질 것 같았다. 더 이상 참지 못하고 유키는 소리 내어 울어버렸다.

'왜 이렇게 어른들이 많은데 형을 도와주지 않는 걸까. 제발 부탁이에요, 누가 우리 형 좀 도와주세요……'

"유키? 무슨 일이야?"

다쓰노신이 검은 우산을 유키에게 씌워주었다. 유키는

울면서 말했다.

"형이 큰일 났어, 난 형한테 아무 것도 해줄 수 없어서……."

입 안으로 눈이 들어왔다. 유키는 꿀꺽 삼켜버렸다.

"레온 형이 어쨌는데? 제대로 말해봐. 야, 정신 차려!"

유키의 말에서 일이 심상치 않음을 눈치 챌 수 있었다. 갑자기 불안해지면서 다쓰노신은 가슴이 두근거렸다.

"그래서 레온 형, 아침 연습에 간 거야?"

유키가 훌쩍거리면서 고개를 끄덕였다.

"유키, 얼른 와!"

다쓰노신은 우산을 내던지고 중학교 쪽으로 뛰어갔다.

"다쓰노신, 어디 가는 거야!"

유키가 소리치자 다쓰노신이 외쳤다. 모습이 눈에 가려 희미하다.

"이 바보야! 어디 가긴 어디 가, 레온 형을 도우러 가지! 거기 서서 울고 있을 여유 있으면, 겁내지 말고 뛰어넘어, 허들을!"

"기다려! 나도 갈 거야."

다쓰노신과 유키는 쌓이기 시작한 눈에 발자국을 남기면서 열심히 달렸다. 몇 개의 작은 눈 소용돌이가 유키의 얼굴을 에워쌌다. 눈발이 날리면서 눈으로 들어온다. 장화 안에도 눈이 들어온다.

"에이 씨! 저리 비켜!"

유키의 뜨거운 입김이 눈의 소용돌이를 쫓아버린다. 뜨거운 마음이 장화 속의 눈을 녹여 버린다.

"체육관으로 들어가. 유키, 서둘러!"

뒤를 돌아보면서 다쓰노신이 소리쳤다. 학교 건물에는 아직 사람 그림자가 보이지 않았다.

눈발이 약해졌다. 눈앞이 밝아지면서 현관문의 벽시계가 유키의 눈에 들어왔다. 7시 45분을 가리키고 있었다. 불안하다. 쏴쏴, 몸 안의 피가 소리를 내면서 역류하는 것처럼 기분이 나빴다.

"이 자식, 가만 안 둬!"

"할 테면 해봐. 그렇게 쉽게는 안 될걸?"

레온의 목소리가 또렷하게 들렸다.

"유키! 레온 형이다!"

다쓰노신이 체육관 천장 부근을 가리켰다. 올려다보니 비상계단 가장 꼭대기에 사람이 서 있는 것이 보였다.

한 명, 두 명, 세 명, 네 명, 다섯 명······. 올려다보면서 유키는 검은 그림자의 수를 세고 있었다. 비상계단으로 올라가는 입구를 향해 다쓰노신이 뛰었다. 유키도 뒤를 따랐다.

그때였다. 둘의 머리 위로 검은 그림자가 날았다.

픽!

다쓰노신과 유키 뒤쪽에서 기분 나쁜 소리가 났다. 형? 아냐, 그럴 리 없어. 유키의 몸이 돌처럼 굳어졌다.

"죽었다. 큰일 났어."

"너무 했어, 오사무! 어떻게 할 거야?"

"우선 도망쳐!"

머리 위에서 이런저런 소리가 들렸다.

"세상에! 유키, 빨리 내려와!"

다쓰노신이 소리쳤다. 유키의 머릿속은 충격으로 백지처럼 새하얗게 되었다. 다쓰노신이 유키의 팔을 세게 끌어당겼다. 바닥에 쓰러져 있는 것은 레온이었다.

"형! 형!"

유키는 정신없이 레온을 불렀다. 가슴이 미어져 숨도 쉴 수 없었다. 불과 몇 걸음인데도 다리가 후들거려 눈 위에 넘어졌다. 유키는 땅에 손을 대고 기어갔다.

"형! 아냐, 형, 거짓말이야, 꿈이지? 꿈이라고 말해!"

눈물이 뚝뚝 흘렀다. 유키의 손이 레온의 얼굴에 닿았다. 바닥에 엎어진 채 꼼짝 않는 레온의 몸은 따뜻했다. 으아 - 하고 비명처럼 울음을 터뜨리며 유키는 레온에게 매달렸다.

"나쁜 놈들! 용서 안 해! 절대 용서 안 해."

다쓰노신은 체육관으로 뛰었다.

신발을 신은 채 체육관으로 들어가 장승처럼 버티고 서서 다쓰노신이 소리쳤다.

"레온 형을 죽인 게 누구야! 이 살인자! 어서 나와!"

넓은 체육관에 다쓰노신의 목소리가 울렸다.

순간 체육관 안이 웅성거리기 시작했다. 농구부 남자부원은 새파랗게 질려서 두리번댔다. 여자 농구부원들 속에서 가나가 뛰어 나왔다.

"다쓰노신. 지금 뭐라고 했니? 레온이 어떻게 됐다고?"

"저 녀석들과 같은 패거리가 형을 죽였어. 절대 용서 안 해."

다쓰노신은 한 군데 몰려 있던 남자부원을 가리키며 소리쳤다. 여학생들이 비명을 질렀다. 가나는 침을 꿀꺽 삼켰다.

"레온, 레온 지금 어딨어! 너희는 빨리 선생님한테 연락

해! 구급차 불러! 어서!"

가나는 부원에게 지시하고 다쓰노신과 같이 뛰어갔다.

"결국 저질렀군."

"큰일났어."

뒤를 따라오며 속삭이는 남자부원들의 소리가 다쓰노신의 귀에 들렸다. 무섭게 노려보며 달려드는 다쓰노신의 팔을 가나가 붙잡았다.

"레온을 구하는 게 먼저야!"

다쓰노신의 몸에서 힘이 빠졌다. 분노로 채워졌던 마음의 긴장이 풀리자 불안과 두려움으로 몸이 덜덜 떨렸다.

"레온 형, 죽지 마, 제발……."

다쓰노신은 정신 나간 듯이 혼자 중얼거렸다.

다시 눈발이 거세지기 시작했다.

멀리서 구급차의 사이렌 소리가 들린다…….

우리들의 정의

순찰차가 빨간 등을 깜빡거리면서 달려왔다.

구급차의 사이렌이 그보다 먼저 들려온다. 조용한 동네가 순식간에 어수선해졌다.

겐노스케는 기이치와 요시오와 함께 등교 중이었다.

"뭐야, 무슨 일 있는 건가?"

"학교 쪽으로 가는 거 아냐?"

순간 겐노스케는 섬뜩한 기분이 들었다. 자신도 모르게 몸이 떨렸다.

"설마. 재수 없는 소리 마."

겐노스케는 불안을 떨쳐버리 듯이 세게 머리를 흔들었다. 구급차가 사이렌 소리를 울리면서 세 사람을 스쳐 갔다. 진눈깨비가 튀는 무거운 소리가 나고 겐노스케의 바지가 젖어버렸다.

"야, 뛰어!"

겐노스케는 학교로 뛰기 시작했다. 기이치와 요시오도 뒤를 따라 달린다.

애애앵, 하고 요란한 소리를 내면서 순찰차가 다시 한 대 지나갔다. 향하는 방향은 똑같았다. 학교 앞에서 몇 개의 빨간 불이 깜빡대고 있었다.

훌쩍거리는 다쓰노신과 가나가 눈에 들어왔다. 겐노스케는 순간 몸이 돌처럼 굳어졌다.

"아냐, 레온이 설마……."

"레온이 당했어."

가나가 얼굴을 일그러뜨리며 울먹였다. 겐노스케는 다쓰노신의 어깨를 감쌌다. 몸이 떨려 서 있는 것조차 힘들었다.

"형, 녀석들이 그랬어. 나 절대 용서 안 할 거야."

겐노스케는 눈에 젖은 다쓰노신의 머리를 힘껏 끌어안았다.

"레온은……."

희망이 필요했다. 아주 적은 희망이라도.

"몰라. 하지만 아직은……."

가나는 겨우 그 말만 하고 털썩 바닥에 주저앉아, 아 - 앙 울음을 터뜨렸다.

"다쓰노신, 유키는?"

"구급차에 남자선생님과 같이 타고 갔어."

"중앙병원일 거야, 분명. 병원으로 가자. 유키 옆에 있어 주자."

겐노스케가 말하자 다쓰노신은 그제야 얼굴을 들었다.

경찰이 들어오고 현장 검증이 시작되었다.

체육관 주위에는 테이프가 쳐지고, 관계자 이외에 출입이 금지되었다.

2학년 B반 교실에 사카모토 선생님이 들어온 것은 10시가 지나서였다. 교실은 폭풍 전야 같은 기분 나쁜 고요함이 감돌고 있었다.

"모두 들었지? 아리사와 레온이 체육관의 비상계단에서 떨어져 지금 병원에서 수술을 받고 있어. 위험한 상태야."

교탁에 올려놓은 사카모토 선생님의 손이 가늘게 떨렸다.

"선생님은 지금부터 병원에 가야 하니까 국어, 자습하도록 해. 기말 시험을 앞두고 자습시켜서 미안하다."

"선생님, 그게 아니잖아요. 레온이 이렇게 된 건 모두에게 책임이 있어요. 선생님도 알고 계시지 않았어요? 선생님도 나빠요!"

가나는 쥐어짜는 듯한 목소리로 말했다. 사카모토 선생님은 신경질적으로 관자놀이를 손가락으로 눌렀다.

"직원회의에서 결정된 것을 말할 테니 잘 들어. 이건 어디까지나 사고야. 아리사와 레온에 대해서 누가 물어봐도 입 다물고 있어. 신문이나 방송국에서 나온 사람들이 묻는다고 괜히 들떠서 허튼 소리 하지 말 것. 모자이크 처리되어도, 목소리 변조해도 누군지 금방 알 수 있으니까."

사카모토 선생님은 가나를 쳐다보았다.

"하야시 가나. 정말로 레온을 생각한다면 그렇게 하는 것이 좋아. 괜한 말 했다간 레온이 더욱 상처받아. 레온 집안에도 여러 사정이 있을 테고. 언동에 주의하도록."

가나는 흐르는 눈물로 사카모토 선생님의 얼굴이 크게 일그러져 보였다.

"아무튼 동요하지 않도록 해. 중요한 시험을 앞두고 있으니까 자신을 소중히 해서 공부하도록. 앞으로 아리사와 레온에 대한 것은 화제 삼지 않도록 해."

"지금 이런 마당에 자신을 소중히 하라는 게 말이 돼요! 너무 해요!"

흐느끼는 가나의 등을 미치코가 부드럽게 쓰다듬었다.

학교는 사건이 커지기 전에 재빨리 손을 썼다.

"집단 따돌림은 없습니다. 본인의 부주의에 의한 사고라 여겨집니다."

교장 선생님이 매스컴을 향해 그렇게 말했다. 사건은 사고로 묻히고 있었다.

병원에서 돌아온 다쓰노신과 겐노스케는 저녁밥을 먹기 위해 식탁에 앉았다.

평소 활발한 다쓰노신이 어두운 표정으로 밥을 먹었다. 무엇을 먹는지 맛도 느낄 수 없었다. 겐노스케 역시 마찬가지였다.

그때 옆집 아주머니가 회람판을 갖고 왔다. 엄마가 현관으로 뛰어갔다.

"안녕하세요, 어휴, 수고하시네요."

엄마의 목소리에 이어 옆집 아주머니의 굵은 목소리가

이어졌다.

"들었어요? 중학교에서 자살 소동이 있었대요."

작은 소리로 말했지만 얇은 미닫이문을 통해 분명하게 들렸다.

"건물에서 뛰어내린 것은 미스카미 할머니 댁의 손자래요. 미오의 큰아들. 부모의 이혼으로 상당히 고민했다고 들었어요. 미오와 사이가 안 좋아서 오늘 아침에도 둘이 한 바탕 한 모양이에요. 미오에게는 안 좋은 소문이 많으니까."

"그래요? 그런 일이 있었어요?"

엄마가 맞장구를 쳤다.

"애가 죽을 생각을 했다면 상당한 각오가 필요했을 거예요. 그것을 알아채지 못한 건 부모 자격이 없다고 난 생각해요. 미오가 원래 좀 독하잖아요."

옆집 아주머니는 소리를 낮춰 속삭였다.

"어휴, 가엾어라."

엄마의 목소리가 이어졌다. 다쓰노신은 더 이상 참을 수 없었다. 젓가락을 내려놓고 일어나더니 미닫이문을 열었다.

"다쓰노신! 밥 남기면 안 돼. 어서 앉아서 다 먹어!"

할아버지가 야단쳤다. 다쓰노신은 뒤도 안 돌아보고 현관으로 나갔다.

"아줌마, 거짓말하지 마세요. 레온 형은 자살한 것 아니에요. 다른 녀석들이 형을 그렇게 만들었어요."

엄마가 당황하며 말했다.

"다쓰노신. 어른들 말에 아이가 끼여 드는 것 아냐."

"하지만 잘못된 것을 말하잖아요. 잘못된 이야기가 점점 퍼지면 레온 형 엄마가 불쌍하잖아. 아니야, 엄마?"

아주머니는 눈을 동그랗게 뜨며 말했다.

"학교 교장 선생님이 그렇게 말씀하셨는데 잘못 될 리 있니? 다쓰노신, 넌 속은 거야."

"내가 이 눈으로 범인을 봤어요. 속은 것은 아줌마예요."

다쓰노신은 한 걸음도 물러서지 않았다. 열려진 미닫이문을 통해 할아버지를 쳐다보았다.

"할아버지, 난 범인을 알아요. 경찰에 데리고 가주세요."

잠자는 듯한 할아버지의 가느다란 눈이 번쩍 뜨이며 다쓰노신을 노려보았다. 그리고 큰소리로 말했다.

"저 애를 광에 가둬라. 내가 됐다고 할 때까지 절대 문

열어주지 마."

엄마가 안 된다고 소리치며 날뛰는 다쓰노신을 막고 있었다. 겐노스케는 할아버지에게 처음으로 반항했다.

"할아버지. 다쓰노신은 진실을 말하고 있어요. 제대로 이야기를 들어주세요!"

엄마는 무척 힘이 강했다. 다쓰노신이 필사적으로 저항을 해도 소용없었다. 광에 갇히고 밖에서 자물쇠가 채워졌다.

"할아버지, 부탁이에요. 다쓰노신은 현장에 있었던 목격자예요. 경찰에 데리고 가주세요."

겐노스케는 무릎을 꿇고 바닥에 손을 짚고 부탁했다. 할아버지는 그런 겐노스케를 힐끗 쳐다보았다.

"어차피 아리사와 집안은 타지 사람이야. 우리와는 아무런 인연도 없어. 내버려두면 돼. 이 좁은 동네에서 범인 찾기를 했다간 어디서 친척이 얽히게 될지 몰라. 너도 다쓰노신더러 입 다물라고 해."

겐노스케는 믿을 수 없었다. 도저히 할아버지의 입에서 나온 말이라고 생각할 수 없었다. 멍하니 할아버지를 보았다.

"할아버지. 자신에게 부끄럽지 않으세요? 성의는 목숨

을 걸고 지키는 것이라고, 제게 가르쳐준 것은 할아버지예요."

겐노스케의 눈에서 뜨거운 눈물이 뚝뚝 떨어졌다.

"아리사와 레온은 저의 진정한 친구예요. 자존심이 강하고 성실한 아이예요. 설령 어떤 일이 있어도 소중한 친구를 모른 채 할 수 없어요. 그렇게 했다가는 분명 저 스스로를 용서하지 못할 거예요. 제 안의 정의가 죽어 버리는 것이니까요."

무릎 위에서 힘주어 쥔 주먹이 부들부들 떨렸다.

"건방진 소리 마라. 세상을 얕봤다가는 큰코다쳐."

할아버지는 그렇게 말을 던지고 쿵쿵 발소리를 내면서 밖으로 나갔다. 엄마는 놀라서 멍하니 서 있었다.

"엄마도 똑같아요. 남이 하라는 대로 하는 사람은 주위 사람에게 상처만 줘요. 아무런 나쁜 짓도 하지 않은 다쓰노신을 왜 광에 가두는 거예요. 아들이 죽을지도 몰라 고통을 받고 있는 레온 엄마의 기분을 왜 이해해주지 않냐고요. 엄마에게 정의란 것이 손톱만큼이라도 있어요?"

겐노스케가 울면서 말했다. 엄마는 앞치마에 얼굴을 묻었다. 겐노스케는 열쇠 꾸러미를 갖고 광으로 갔다. 커다란 자물쇠를 풀고 문을 열었다. 다쓰노신은 무릎을 안고 고개를 숙인 채 울고 있었다.
"다쓰노신, 복수다. 작전을 세우자."
겐노스케가 말하자 어두운 광 안에서 다쓰노신의 눈이 번쩍하고 빛났다.

레온의 상태는 다음날도 나아지지 않았다.
오후에는 요코하마에서 아빠와 료헤이가 파랗게 질린 얼굴로 병원으로 달려왔다. 히카루도 함께였다. 병실에 들어서자마자 아빠는 레온에게로 달려갔다.
"레온, 눈을 떠. 부탁이니 눈을 떠, 제발."
아빠는 의식을 잃은 레온에게 열심히 말을 걸었다.
"약속했잖아, 레온. 1년 후면 요코하마로 돌아온다고. 레온과 유키와 같이 살고 싶어서, 아빠, 열심히 노력하고 있는데. 이건 아냐, 이럴 수 없어. 절대 죽어선 안 돼!"
"레온……."
히카루는 레온의 뺨을 어루만졌다. 시퍼렇게 멍든 얼굴이 보기에도 안쓰러웠다.
"아팠지, 레온? 미안해. 힘이 되어주지 못해서……."
료헤이는 주먹을 쥐고 이를 깨물었다. 억울함과 분함이 눈물이 되어 흘러내렸다.

병실 구석에서 풀이 죽어 서 있는 유키를 료헤이가 복도로 데리고 나갔다. 둘은 복도 끝에 있는 의자로 가서 나란히 앉았다.

"무슨 일이 있었는지 자세히 말해. 이대로 끝낼 수 없어. 레온의 자존심을 되찾아줘야 해."

유키의 얼굴에 비로소 생기가 돌아왔다. 유키는 레온의 말을 하나하나 떠올리면서 료헤이에게 이야기했다.

"망가진 기계라. 레온 녀석, 왜 내게 진작 말해주지 않은 거야."

"그런 꼴을 당하는 건 자기 하나로 족하다고……."

"레온 바보녀석. 힘들수록 누군가와 그것을 나눠야 한다는 걸 왜 생각지 못했을까."

료헤이는 의자에 기대어 천장을 올려다보고 크게 한숨을 내쉬었다.

"망가진 기계는 다시 제대로 고쳐놔야 해. 유키, 레온을 그렇게 한 녀석, 봤니?"

유키는 고개를 끄덕였다.

"녀석들은 모두 다섯 명이야. 녀석들이 오사무, 하고 부르는 것을 들었어."

"됐어. 그것만 알아도 충분해."

겐노스케와 다쓰노신이 복도 맞은편에 보였다. 료헤이는 일어나서 겐노스케에게 다가가 주먹을 날렸다.

"이 자식! 넌 대체 뭐 하는 녀석이야. 레온이 이렇게 될 동안 왜 내버려뒀어. 네가 친구야?"

겐노스케는 고개를 숙이고 한 마디도 하지 않았다. 아무런 저항도 변명도 하지 않았다.

"료헤이, 미안해. 나도 똑같아."

가나의 소리에 료헤이가 뒤를 돌아보았다. 가나는 너무 울어서 눈이 빨갛게 부어 있었다.

"같은 농구부였기 때문에 레온이 힘들어한다는 것 어렴풋이 느끼고 있었어. 그런데도 난 입 다물고 가만히 있었어."

그렇게 말하더니 가나는 양손으로 얼굴을 덮었다. 미치코가 손수건으로 눈물을 닦았다.

"나도 똑같아. 무서워서, 말려들고 싶지 않았어."

같이 병문안을 온 기이치와 요시오도 어두운 얼굴로 고개를 끄덕였다.

모두 생각은 같았다. 왜 레온과 함께 싸우려 하지 않았을까. 왜 좀 더 빨리 레온의 고통을 깨닫지 못했을까. 깊은 후회를 하고 있었다.

"선생님들은 더 이상 레온에 대해 말하지 말라고 하니, 정말 너무해."

기이치가 화를 냈다. 미치코도 고개를 끄덕였다.

"사카모토 선생님은 녀석들의 짓을 알고 있었는데도 모른 척했어. 아무 일도 없었던 것처럼 하고 싶어서 레온의 이야기를 하는 것도 금지시켰어. 레온의 존재가 사라질 때까지 자신의 처지를 지키려 하기 때문이지. 너무 속이 빤히 드러다 보여."

평소 자신의 감정을 드러내지 않던 미치코도 화를 냈다.

밖은 오랜만에 쾌청한 날씨로, 쌓여 있던 눈이 소리를 내며 사라지고 있었다. 창을 통해 복도로 따뜻한 햇볕이 들어왔다.

"2학년 B반의 아리사와 레온은 부모의 이혼으로 괴로워하다 자살을 시도했다. 대개의 어른들은 그렇게 생각하고 싶어 해. 소문이 벌써 동네에 쫙 퍼졌어. 거짓이 진실이 되는 것은 시간 문제야. 이래서는 레온에게 미안하잖아. 너무 미안해."

동의를 구하는 듯이 가나는 겐노스케를 보았다. 겐노스

케는 결심한 듯이 크게 고개를 끄덕였다.

"너희들과 상의하고 싶었어. 어른이 봉인해버린 '진실'을 우리의 손으로 열어보자."

겐노스케는 친구들의 얼굴을 하나하나 차례로 쳐다보았다.

"레온은 병원에서 목숨을 걸고 싸우고 있어. 우리도 하자. 행동하지 않았다는 후회는 더 이상 하기 싫어. 레온과 같이 싸우자."

겐노스케는 죽도로 군살이 박힌 양손을 무릎 위에서 깍지를 꼈다. 가나가 겐노스케의 엄지손가락을 잡았다.

"나, 붙었어. 어차피 울 거라면 힘닿는 만큼 하고 우는 게 나아."

다쓰노신이 씩 웃으면서 가나의 손가락을 잡았다.

"나도 붙었어. 뭐든지 할 거야."

유키가 다쓰노신의 손가락에, 유키의 손가락에 미치코가, 기이치, 요시오도 차례로 손가락을 잡았다.

"너희들 꼭 골목대장 같다."

그렇게 말하면서 료헤이는 요시오의 손가락을 잡았다.

"나도 붙었어. 내가 할 수 있는 것은 뭐든지 할게."

갑자기 히카루의 손이 나타났다. 료헤이의 두꺼운 손가

락에 나비처럼 살포시 붙었다.

"좋아. 이걸로 결정됐어."

료헤이가 힘 있게 말했다.

"우선 학생회를 움직이자. 나와 미치코가 어떻게든 설득해볼게."

겐노스케와 미치코는 학생회 임원을 맡고 있었다. 둘은 서로 마주보며 고개를 끄덕였다.

"그럼 나는 농구부에 폭풍을 일으킬게. 운동부 여학생은 맡겨 둬."

가나가 말하자 기이치와 요시오가 서로 마주보았다.

"운동부 남학생은 우리가 맡을게. 레온에게 부끄럽지 않도록 열심히 할 거야."

"난 편지를 쓸게. 교육위원회, 경찰서에. 어린이 인권 전문위원회도 힘이 되어 줄 거야. 그리고 신문사, 방송국……."

"히카루가 쓴 편지는 내가 돌릴게."

료헤이가 말하자 모두 차가운 시선으로 료헤이를 쳐다보았다.

"왜 그래?"

"네가 가면 될 것도 안 될 것 같은 기분이 들거든."

히카루가 웃으면서 말했다. 료헤이는 머리를 긁적였다.
"우리는 뭐해?"
다쓰노신과 유키가 입을 삐쭉 내밀며 말했다.
"다쓰노신과 유키는 일단 우리가 행동한 다음에 움직여. 본 것, 들은 것을 빠짐없이 자세히 말하는 거야."
겐노스케가 말하자 다쓰노신과 유키는 크게 고개를 끄덕였다.

료헤이와 겐노스케는 지혜를 빌리기 위해, 그 날 밤 레온의 집으로 증조할머니를 찾아갔다.
증조할머니의 머리맡에 레온의 엄마, 아빠와 할머니도 모였다.
"학교가 끈 불을 다시 한 번 일으킬 필요가 있어."
둘의 이야기를 듣고 난 후 증조할머니는 말했다.
"아범, 어떻게 할 건가. 레온을 그 지경으로 만든 아이는 이 동네 터줏대감 집 아들인 모양인데 어지간한 방법이 아닌 한 말이 먹히지 않을 거야."
아빠는 팔짱을 끼고 생각했다.
"레온의 아버지로서 말하자면 그 아이를 혼내주고 싶습니다. 레온에게 한 짓을 하나도 남김없이 그대로 돌려

주고 싶어요."

아빠의 감은 눈에서 눈물이 흘렀다.

"하지만 그렇게 해서는 안 된다고 레온에게 야단맞을 것 같아요. 이전에 레온에게 배운 것이 있습니다. 물건을 훔친 아이를 야단치는데, 팥손이나무 잎으로 얼굴을 가리고 도깨비 흉내를 낸 할아버지가 ……."

이야기를 해주었을 때의 레온의 웃는 얼굴이 떠올라 아빠는 말을 잇지 못했다. 손등으로 눈물을 닦았다.

"하늘이 알고 땅이 알고 네가 알고 내가 안다. 남의 물건을 훔친 아이에게 할아버지는 그렇게 충고했다고 합니다. 자신이 한 죄의 깊이를 스스로 느끼고 스스로 벌할 수 있는, 그런 방법으로 야단쳐줄 수 있는 어른이 되고 싶다고 레온은 말했어요."

아빠는 큰 소리로 콧물을 훌쩍거렸다.

"그 아이에 대한 미움이나 원망이 아니라 진정한 어른이 되길 바라는 마음에서 꺼진 불을 다시 일으켜야만 한다고 생각해요."

모두의 마음에 공감의 물결이 조용히 퍼지고 있었다. 레온의 넓은 마음에 새삼 놀랐다.

"레온은 정말 대단한 아이야. 마음에 빛을 가진 아이

지. 신이시여, 부디, 부디, 우리 레온을 지켜주십시오."

증조할머니는 편치 않은 손을 모으고 눈을 감았다. 가느다란 눈물줄기가 할머니의 눈 꼬리에서 반짝였다. 아빠와 엄마도 마음을 모아 기도했다. 겨울의 찬바람이 소리를 내며 마당의 나무들을 때리고 지나갔다.

아빠는 료헤이와 겐노스케를 보며 말했다.

"내일 학교에 가서 교장 선생님과 진지하게 이야기를 해보마. '진실'의 뚜껑을 열도록 부탁해보겠다. 이해할 때까지 몇 번이고 찾아갈 거야."

엄마가 물수건으로 증조할머니의 눈물을 닦았다. 천천히 눈을 뜨고 증조할머니는 엄마의 손을 잡았다.

"미오, 너도 해라. 더 이상 소문으로부터 도망쳐선 안 돼. 맞설 때는 확실하게 맞서는 것이 마음에 그늘이 남지 않는다. 진정한 어른이 되어라. 레온이 가르쳐줬잖니."

증조할머니는 부드럽게 타이르듯이 엄마에게 말했다.

허들을 뛰어넘자

레온은 여전히 의식을 차리지 못하고 있었다.

엄마는 레온 곁을 지키고 있었다. 불안한 마음에 몇 번이고 레온의 숨소리를 확인했다. 몸에 손을 대고 체온을 확인했다.

병실의 넓은 창 밖으로 마치 커튼이 쳐지듯이 눈이 내렸다. 소리도 없이 내리는 눈에 엄마는 레온과 함께 했던 날들을 떠올렸다.

"네가 남의 물건에 손을 댔다고 학교에 불려갔던 적 있었잖아? 엄마는 어떻게 해야 할지 몰라서 학원 선생님을 찾아갔단다. 선생님의 말대로 했는데 엄마는 너에게 크게 혼이 났지."

엄마는 양손으로 레온의 오른손을 꼭 쥐었다. 힘없는 레온의 손을 엄마는 뺨에 갖다댔다. 레온의 체온이 느껴졌다.

"내가 어떤 사람인지 관심도 없어. 엄마한테 그렇게 말했지? 엄마는 자신이 없어서 엄마가 아닌 한 인간으로 너를 대하는 것이 두려웠어. 내가 상처 입을까봐 늘 겁을 내며 무서워했지. 다른 사람과 같은 것, 다른 사람과 같은 행동을 하면 자신의 연약함이 감춰질 거라고 생각했어. 미안해, 레온. 겁쟁이 엄마라서……. 레온의 힘이 되어 주지 못해서……. 혼자 힘든 싸움을 하게 했어. 정말 미안해, 우리 아들."

엄마의 눈물이 레온의 손에 흘렀다. 레온은 곤히 잠든 것처럼 눈을 감고 있었다. 엄마는 조심스럽게 레온이 숨을 쉬는지 확인했다.

열린 문으로 도카 아주머니가 얼굴을 내밀었다.

"도카예요. 겐노스케와 다쓰노신 엄마입니다. 어때요, 레온은?"

아주머니는 커다란 과일 바구니를 들고 있었다.

"아, 맞아. 어서 들어오세요."

아주머니 뒤에 작은 체구의 중학생이 서 있었다.

"병실을 올려다보며 한숨 내쉬는 것을 보고는 딱 알았어요. 레온의 병문안을 왔던 거였지? 자 어서 들어가자."

쓰바사는 목을 움츠리고 병실로 들어왔다. 레온을 보더니 몸을 떨며 뒷걸음질쳤다. 엄마와 아주머니는 서로 얼굴을 마주보며 고개를 끄덕였다.

"왜 그러니? 병문안을 온 거잖아. 레온에게 말을 걸어주렴."

엄마는 쓰바사의 어깨에 손을 얹고 부드럽게 말했다. 쓰바사는 너무 놀라서 꼼짝도 못하고 서 있었다. 엄마가 쓰바사의 어깨를 살짝 밀었다.

쓰바사는 레온 옆으로 다가갔다. 잠자고 있는 레온을 얼굴을 보자 바닥에 털썩 무릎을 꿇고 소리 내어 울었다.

"제가 레온의 머리를 잘랐어요. 레온의 배를 찼어요. 여러 번, 계속 찼어요. 그 날도 다른 아이들과 함께 레온을 계단 위에서……."

쓰바사는 크게 어깨를 들썩이면서 흐느꼈다. 엄마는 양손을 입에 대고 당장이라도 튀어나올 것 같은 비명을 필사적으로 억누르고 있었다.

아주머니는 더 이상 참지 못하고 울음을 터뜨렸다.

"계단 위에서 때리고, 차고……. 마사오가 들이받는 것을 잠자코 보고 있었어요."

쉬지 않고 단번에 쓰바사는 말했다.

"이렇게 될 줄 몰랐어요……. 레온, 용서해 줘……."

쓰바사는 바닥에 주저앉아 울었다. 엄마가 쓰바사의 어깨를 감싸 안았다.

"용서할게, 그렇게 레온이 말하고 있어."

창밖에선 새하얀 눈이 쉴 새 없이 내리고 있었다. 히터의 따뜻한 바람이 실내를 흐르고 있었다.

레온은 아무 일도 없었던 듯이 조용히 자고 있었다.

"다른 아이들은 어떻게 하고 있니? 같이 이야기하거나 그러지 않니?"

엄마가 쓰바사에게 물었다.

"모두 무서워서 입 다물고 있어요. 어떻게든 이대로 불이 꺼지면 좋겠다고 생각해요. 하지만 저는, 그럴 수 없었어요. 레온의 얼굴이 자꾸 떠올라서……."

쓰바사는 입술을 깨물었다. 다시 눈물을 글썽이며 말을 이었다.

"매일 병원 밖에서 죽지 말라고, 그렇게 빌었어요."

아주머니가 쓰바사와 엄마에게 뜨거운 차를 사다 주

었다.

세 사람은 동그란 의자를 끌어다 앉았다. 종이컵을 든 쓰바사의 손이 아직 희미하게 떨리고 있었다. 병실 안에 산뜻한 차의 향기가 퍼졌다.

쓰바사와 눈이 마주치자 엄마는 빙그레 웃었다.

"난 고등학교 1학년 때 친구에게 상처를 준 일이 있단다. 친하게 지냈던 아이가 있었는데, 나는 친한 친구를 자처하고 그 아이의 고민을 들어주었어. 친구의 고민을 듣던 중 나는 마음이 무거워졌지. 결국 다른 아이에게 그 아이의 사정을 이야기해버렸어. 절대로 말해서는 안 되는 것까지."

엄마는 창밖을 쳐다보았다.

눈은 아직 내리고 있었다.

"눈사람처럼 소문은 점점 커져갔어. 아이들은 그 친구를 따돌리기 시작했지. 난 힘이 되어주지 못했어. 그 친구가 애원하는 눈으로 나를 쳐다보면 귀찮기까지 했어. 그 친구를 못살게 구는 아이들과 어울리지는 않았지만 원인을 만든 것은 나야. 그 아이는…… 교실에서 스스로 목숨을 끊었어."

아주머니는 가만히 엄마의 얼굴을 쳐다보았다.

엄마는 종이컵 속의 뜨거운 차를 내려다보면서 말했다.

"무서웠어. 나도 똑같아. 아이들은 입을 다물고 아무 말도 하지 않은 나를 괴롭히며 자신들의 죄까지 전부 내게 덮어씌웠어. 그래도 나는 목을 움츠리고 시간이 지나기만을 기다렸지. 난 겁쟁이야."

엄마는 손가락으로 살짝 눈 안쪽을 눌렀다.

"실수는 누구나 하는 법이야. 그것을 뭐라 하진 않아."

쓰바사가 고개를 들어 엄마를 보았다. 부드러운 엄마의 눈빛이 쓰바사를 감쌌다.

"하지만 실수를 했으면 그것을 인정하고 반성해야 한다고 생각해. 그렇게 하지 않으면 그 그늘 속에서 결국 자신을 잃어버려. 반성이 없으면 진정한 어른으로 가는 허들을 넘을 수 없어."

엄마는 자신에게 이야기하듯이 그렇게 말했다. 아주머니가 콧물을 훌쩍이면서 크게 고개를 끄덕였다. 쓰바사가 말했다.

"오사무도 레온에게 사과하고 싶어 해요. 레온의 상태가 어떤지 궁금해해요. 하지만 오사무는 자기 생각대로 할 수 없어요. 오사무의 문제는 그 집안의 수치가 되기 때문에 아저씨도 아줌마도 친척들도 모두 잊혀지길 바라고 있어요."

쓰바사의 얼굴에서 긴장이 풀렸다.

"어른들도 반성해야 할 것들이 많구나. 따돌림은 너와 오사무만 한 게 아닌 것 같다. 레온 어머님의 말처럼 반성할 것을 하지 않으면 계속해서 같은 실수를 반복하게 돼. 난 학부모 회의에 이것을 말할 거야. 학교와 아이들, 그리고 우리들 부모 모두가 반성해야 돼."

아주머니가 강력하게 말했다.

"겐노스케가 화를 내는 것을 보고 나도 반성했어. 내 마음 안에 남아 있는 정의의 조각들을 모아 나도 노력할 거야. 그렇게 하지 않으면 아이들을 볼 수 없을 것 같아."

아주머니와 쓰바사는 레온을 쳐다보았다. 두 사람 모두 자신에게 결심한 것이 있었다.

겐노스케는 학생회를 움직여 겨우 전교회의를 열 수 있게 만들었다.

"선생님, 체육관을 사용하도록 허락해주세요. 임시 학생회의를 열고 싶어요."

학생회 고문인 바바 료지 선생님은 팔짱을 끼고 생각에 잠겨 있었다.

"이 시기에 임시 학생회의라. 겐노스케, 무슨 일 꾸미는 것은 아니지?"

바바 선생님은 겐노스케의 얼굴을 뚫어져라 쳐다보았다. 바바 선생님은 겐노스케의 의도를 훤히 알고 있었다. 마음속으로는 그런 겐노스케를 응원하고 있었다. 하지만 교직원 회의에서는 레온의 사건이 사고로 보고되어 학생들 앞에서 말해서는 안 되는 것으로 되어 있었다.

사건이 상세히 알려지지 않은 채 직원회의가 열리고 학교의 대응이 결정되었다. 넌지시 전해오는 여러 정보에 선생님은 더 이상 참을 수가 없었다.

"겐노스케, 넌 왜 남의 일에 그렇게 열심이지?"

바바 선생님의 물음에 아주 당연하다는 듯이 겐노스케는 대답했다.

"제 일입니다, 선생님. 본 것, 들은 것에 대해 제 식대로 반응하는 것뿐이에요. 그걸 하지 못하면 제 마음의 허들을 넘을 수 없으니까."

눈이 번쩍 뜨인다는 것이 바로 이런 것이라고 선생님은 생각했다. 그리고 자신도 모르게 말해버렸다.

"자기 식대로라……. 알았다. 좋아, 하자. 선생님이 책임지마."

좋아하는 겐노스케의 얼굴을 보고 바바 선생님은 머리를 긁적였다. 교직원 회의의 결정을 뒤엎은 것이 된다. 학교측은 상당히 저항할 것이다.

"바바 선생님, 도카 겐노스케, 무슨 일이죠?"

의기양양한 겐노스케를 불안스런 표정으로 보며 사카모토 선생님이 말했다.

"허들 대회를 한답니다. 학생회에서."

안심한 듯이 웃음을 지어 보이는 사카모토 선생님을 보면서 바바 선생님은 중얼거렸다.

"나도 허들을 넘어볼까?"

바바 선생님은 마음을 정했다.

"더 이상 꾸물대지 말고 내 식대로 반응하는 거야."

그렇게 생각하자 마음을 꽉 막고 있던 것이 뻥 뚫린 것 같았다.

바바 선생님은 교무실을 나와 3학년 A반 교실로 갔다.

계단을 올라가려는 바바 선생님의 뒤에서 요란한 소리가 났다. 무언가 부서지는 소리였다. 선생님은 서둘러 소리가 난 쪽으로 뛰어갔다. 화장실 문이 부서진 채 복도에 넘어져 있었다.

"이게 무슨 일이야. 누구야, 이런 짓 한 게?"

옆에 있던 학생에게 바바 선생님이 물었다. 학생들은 서로 얼굴을 마주보더니 화장실 안쪽을 눈으로 가리켰다. 바바 선생님은 고개를 끄덕이고 문을 두들겼다.

"안에 누구 있어? 숨을 생각이라면 포기하고 빨리 나와, 계속 여기 있을 거니까."

문이 열렸다. 오사무가 부루퉁한 얼굴로 나왔다. 바바 선생님의 얼굴을 곁눈으로 노려보았다. 바바 선생님은 조용한 목소리로 말했다.

"오사무, 네 분노가 방향을 잃은 것 같구나."

"불만 있으면 경찰 부르세요."

어깨를 으쓱하고 오사무는 으름장을 놓듯이 말했다. 굳은 얼굴이, 생각 탓인지 많이 야위어 보였다. 바바 선생님은 최대한 부드럽게 말했다.

"불렀으면 좋겠니, 경찰?"

잔뜩 힘이 들어간 어깨가 내려가고, 오사무는 고개를 숙였다.

"오사무. 자신이 한 행동에 대해 이제 슬슬 책임을 지는 게 어떻겠니? 레온에게 가거라. 진심으로 사과해."

오사무의 얼굴이 순식간에 빨개졌다. 동요하는 마음을 선생님은 정확하게 읽고 있었다. 바바 선생님은 가만히 오사무의 얼굴을 응시했다.

"미안하다, 오사무. 누군가에게 네 마음을 털어놓고 싶었을 거야."

오사무는 옆으로 고개를 돌린 채 쳇, 하고 콧방귀를 꼈다.

"우리 아버지가 가만 안 있을걸요?"

"상관없어, 난 각오했으니까. 네가 어떻게 행동할지, 끝까지 지켜봐 줄게."

바바 선생님은 밝은 목소리로 말했다. 오사무는 눈이 부신 듯이 눈을 가늘게 뜨고 바바 선생님을 쳐다보았다. 그제야 어깨에서 완전히 힘을 빼고 안심한 듯한 표정을 지었다.

점심시간, 체육관에서 임시 전교 학생회의가 열렸다. 도카 아주머니가 설득해서 데리고 온 학부모들도 참가했다.

쓰바사의 고백이 진실의 문을 여는 계기가 되었다.

가나와 기이치, 요시오의 설득에 응해 운동부원들이 체육관에서 일어난 일들을 이야기했다. 괴롭힘을 당해 마음에 상처를 입었던 것은 레온만이 아니었다.

가장 뒤쪽에 무릎을 세우고 앉아 있던 오사무는 고개를

숙였다.

"오사무, 얼굴을 제대로 들어. 레온에게 한 죄의 대가의 시작이라고 생각하고 들어라."

바바 선생님이 오사무 옆에 앉아서 부드럽게, 그렇지만 단호하게 말했다.

오사무와 같이 행동했던 농구부원들도 일어났다. 농구부실에서 레온에게 했던 폭행과 시합 중 레온에게 저질렀던 파울, 그리고 체육관의 비상계단에서 밀어 떨어뜨렸던 것……

주저하면서도 모든 것을 털어놓았다.

감추려 해도 한 번 튀어나온 진실은 더 이상 감출 수 없다. 선생님들이 회의를 막기 위해 체육관에 왔을 때는 이미 모든 것이 끝나 있었다. 사람들의 마음속에 있던 정의가 눈을 뜨기 시작했다. 꺼지려 했던 불이 커다란 불꽃을 올리며 타오르기 시작했다.

"네가 정신 차리면 분명 놀랄 거야. 밖에 눈이 정말 많이 왔거든. 요코하마에서는 이렇게 눈이 많이 내리진 않을걸? 네가 건강해지면 우리 스키 타러 가자."

겐노스케는 병실에 누워 있는 레온에게 말했다. 쉴 새

없이 내리던 눈이 멎고, 창밖으로 새파란 하늘이 펼쳐졌다.

"겐노스케, 들어가도 되겠니? 레온을 만나고 싶은데."

바바 선생님이 병실로 들어왔다. 그 뒤를 이어 긴장한 얼굴로 오사무가 따라왔다. 겐노스케는 자리를 내주고 복도로 나갔다. 로비의 소파에 앉아 크게 기지개를 폈다.

"레온! 레온! 용서해 줘!"

살짝 열린 문틈으로 오사무의 소리가 들렸다. 순간, 겐노스케는 온몸의 힘이 빠지는 것 같았다.

창밖으로 구름을 흘러간다. 파란 하늘에 산들이 모습을 드러냈다.

병실에서 나온 바바 선생님과 오사무가 겐노스케 옆에 나란히 앉았다.

"나, 레온에게 사과하고 싶었어. 아빠와 친척 아저씨들이 나서서 필사적으로 무마하려 했지만 나는 괴로웠어. 이 손이 레온의 체온을 기억하고 있거든."

오사무는 양 손바닥을 가만히 처다보았다.

"물로 씻어도, 눈에 넣어도, 레온의 체온은 사라지지 않았어. 될 대로 되란 식이었어. 물건을 부수고, 그러면서 나 자신도 그렇게 망가지고 싶었어. 바바 선생님이 말해주고, 곁에 있어 주고……, 결국 정신을 차렸어."

오사무의 눈에서 손바닥 위로 눈물이 뚝뚝 떨어졌다.

"이젠 울 수 있어. 울고 싶고, 말하고 싶고, 레온에게 사과하고 싶어서, 나……."

오사무는 눈물을 모으듯이 양 손바닥을 오므렸다. 그러고는 고개를 들어 겐노스케에게 말했다.

"병원에서 나가면 경찰서로 갈 거야. 전부 말하겠어."

바바 선생님이 오사무의 어깨에 손을 얹었다.

"끝까지 지켜봐 줄게. 안심하고 너답게 걸어가라, 오사무."

료헤이와 히카루가 역에 내렸다. 겨울방학을 레온과 보내기 위해 돌아온 것이다.

"우와. 귀가 떨어질 것 같아."

공기도 얼어붙을 것 같은 추위였다.

"료헤이! 히카루!"

가나와 겐노스케가 손을 흔들면서 뛰어왔다.

"다른 애들은 병원 앞에서 기다린다고 했어, 얼른 가자."

겐노스케는 말하고 히카루의 가방을 들었다. 역 앞에서

버스를 타고 네 사람은 병원으로 갔다.

"아, 오사무는 어떻게 됐어?"

료헤이가 몸을 내밀 듯이 얼굴을 들이대면서 겐노스케에게 물었다.

"오사무 외에 네 명도 가정재판소의 심판을 기다리고 있어. 레온 아빠가 바바 선생님과 같이 처벌을 가볍게 해 달라고 여기저기에 부탁하며 다니셔. 모두 레온을 보러 자주 병원에 와."

"잘 됐다. 처음에는 아주 없애주려고 했는데. 그렇게 했으면 나도 망가진 기계가 되는 거겠지? 역시 어른은 어른이야!"

료헤이가 말했다. 히카루와 가나가 서로 마주보며 웃었다.

교외에 있는 병원 근처까지 오자 밖은 온통 눈으로 덮여 있었다.

"햐-, 엄청 많이 왔구나."

겨울 태양의 부드러운 빛이 눈에 반사되어 눈이 부셨다.

"어이!"

병원 입구에서 기이치와 요시오, 미치코가 크게 손을

흔들고 있다.

"료헤이, 여전히 건강한 것 같다."

"기이치, 너도 더 넉넉해진 것 같다."

료헤이는 단추를 풀어놓은 셔츠의 옷깃 사이로 비어져 나온 기이치의 목살을 보면서 말했다. 오랜만에 평온함을 되찾은 친구들은 소리 내어 웃었다.

유키와 다쓰노신이 병원에서 고꾸라질 듯이 뛰어나왔다. 얼굴 하나 가득 환하게 웃고 있다.

하하, 숨을 몰아쉬면서 다쓰노신이 말했다.

"있잖아, 놀라지 마."

눈을 반짝이며 유키가 뒤를 이었다.

"형이, 레온 형이 눈을 떴어!"

와 - 하고 모두 눈을 동그랗게 떴다. 료헤이가 크게 점프를 하면서 외쳤다.

"야호! 레온도 우리와 함께 허들을 넘었어!"

모두의 함성이 하얀 산맥에 메아리쳤다.

길을 여는 것은 우리들.

어렵고 힘들어도 좋아.

도전하려는 용기와 노력은

언젠가 우리의 보물이 될 거야.
마음의 빛을 가진 사람이 되기 위해
아무리 높고 힘들어도 참아낼 거야.
힘을 모아 우리는 허들을 넘을 거야…….

작가 후기

 상담실을 찾는 아이들의 마음의 소리를 모은 이야기다.
 주인공 아리사와 레온은 초등학교 6학년 어느 날, 남의 물건에 손을 댄 우등생 하마다 히로시의 어두운 마음을 목격하게 된다. '나는 겨울 매미야'라고 말하는 히로시에게 레온은 강하게 공감한다. 함께 사립 중학교 입시를 앞두고 부모의 관리하에서 스트레스를 받고 있었기 때문이다. 학교의 범인 찾기에 히로시는 자신의 몸을 지키기 위해 레온을 범인이라고 밀고한다. 부모와 교사의 반대에 레온의 마음은 크게 상처입지만, 친구의 존재와 문방구점 할머니의 말에 힘을 얻어 마음의 빛을 되찾는다.
 이윽고 중학생이 된 레온은 아버지의 실직과 부모의 이별에 직면하게 된다. 동생 유키와 함께 엄마를 따라서 도호쿠에 있는 외갓집으로 간 레온은 커다란 슬픔의 소용돌이 속으로 빠져든다. 집단 따돌림의 표적이 된 레온은 눈이 내리는 날 아침 비상계단에서 떨어져 생사의 갈림길에서 헤매게 된다. 일이 커질까봐 두려운 나머지 진실을 감추고 레온의 과실에 의한 사고로 일을 마무리하려는 어른들에 대해 아이들은 행동을 시작한다. 정의와 용기를 가지고…….

아이들과 이야기를 나눌 때마다 아이들에게 자신을 소중히 하라고 호소했다. 자신의 눈으로 보고, 마음으로 느끼는 것의 소중함, 자신의 신념으로 행동하는 용기를 아이들에게 전하고 싶었다. 어른의 행위가 늘 올바른 것은 아니다. 아이들의 마음에 정의와 용기의 씨앗을 소중히 키워주고 싶다.

시간의 선물

초판 2쇄 발행 2011년 5월 10일

아오키 가즈오 지음 | **홍성민** 옮김

펴낸이 허경애
펴낸곳 도서출판 예원미디어
출판등록일 2004년 6월 16일
등록번호 제313-2004-000152호
주소 서울시 마포구 서교동 331-15 서정빌딩 403호
전화 02-323-0606 **팩스** 02-323-6729
E-mail yewonmedia@naver.com

ISBN 89-91413-11-0 03830

*책값은 뒤표지에 표시되어 있습니다.
*잘못된 책은 교환해 드립니다.